심향

심향

深鄕

정형남 소설집

산지니

차례

금빛
백금거미

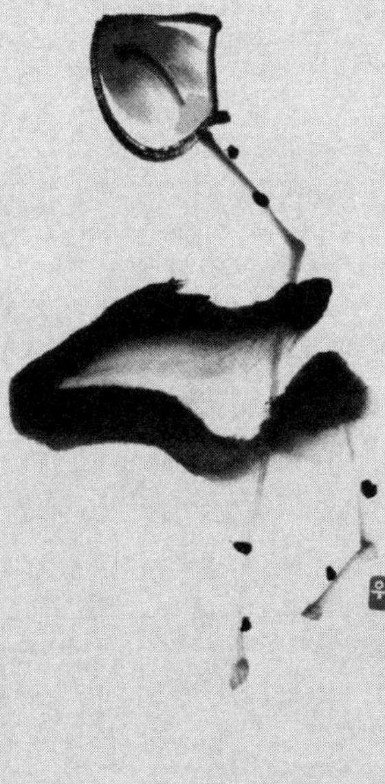

새벽녘, 가만스레 안개비가 내렸다. 산새소리에 깨어나 뒷동산으로 오르는 샛길을 들어섰다. 눅눅한 봄기운이 소리 없는 생명의 숨결로 가슴속에 차올랐다. 샛길을 가로막는 물체에 멈칫 걸음을 멈추었다. 거미줄이었다. 안개비가 영롱한 이슬방울로 맺혀나 신선한 음율을 빚어냈다. 금빛백금거미랄 놈이 가늘고 긴 발가락으로 거미줄을 타고 있었다.

순간, 그녀의 영상이 눈앞에 떠올랐다. 전혀 예기치 않은 전율이 가슴 저 깊은 곳에서 여진처럼 일었다. 그녀의 가녀리고 섬세한 손가락! 그녀의 피아노연주를 텔레비전 화면에서 처음 보았을 때, 가슴 깊이 가라앉은 고뇌와 환희와 열정으로 들어찬 그녀의 연주보다 피아노건반을 두드리는 길고 가느다란 그녀의 하얀 손가락이 마음을 사로잡았다.

그날, 그녀가 연주하던 쇼스타코비치의 피아노협주곡은

연민을 불러일으키는 그녀의 여리고 가냘픈 손가락에서 재생되어 가벼운 흥분을 감출 수 없었다. 한마디로 내 영혼을 감동시킨 그녀의 백옥같이 하얀 손가락은 새로운 지평을 열어주었다.

그녀와는 그렇게 만났다. 그녀는 바람소리, 파도소리, 빗방울 듣는 소리, 땅의 울림에 이르기까지 태곳적 자연의 숨결소리와 화사한 꽃들의 향기와 나비의 춤사위, 새들의 지저귐, 알알이 익어가는 열매들의 음향을 무아지경으로 빚어냈다. 그러나 인간이 빚어내는 음악에 대해 일천한 나로서는 그녀가 혼신의 열정으로 들려주는 음율 그 자체보다 피아노 건반 위에서 신이 들린 듯한 그녀의 하얀 손가락에 마음을 빼앗겼다.

그녀의 손가락을 깨물고 싶은 가벼운 충동으로 거미줄을 장난스레 슬쩍 건드렸다. 거미줄에 맺힌 이슬방울이 민들레 홀씨처럼 흩어졌다. 그러자 앙증맞게 움츠리고 있던 거미란 놈이 긴 발가락을 내뻗으며 민감한 반응을 보였다. 나는 그녀의 영상을 떨쳐버리기 위해 사납게 거미줄을 헌 누더기로 만들었다. 거미는 황급히 모습을 감추었다. 그와 함께 피아노건반을 두드리던 그녀의 길고 가느다란 하얀 손가락이 시야에서 사라졌다.

나는 허정한 걸음으로 샛길을 뒤돌아 나왔다. 시야를 가린 안개. 안개는 저 멀리 바다에서 온천수의 수증기처럼 피어나 솜털처럼 부드러운 몸짓으로 들판을 내리두르고, 눈 아래 호수와 산자락을 뒤덮었다. 그리고 어느 사이에 나를 감싸 안았다. 나는 안개 때문에 뒷동산을 오르지 못한 것을 탓하지 않고 동백나무 아래에 놓여 있는 의자에 몸을 내려놓았다. 그 사이 잠시 산비둘기라도 쉬어 갔는지 새똥이 하얗게 박혀 있었으나 개의치 않았다. 온 세상이 안개로 뒤덮여 음산하고 눅진한 음향이 떠돌았다.

나는 조금 전 사납게 구겨버린 거미줄을 생각하며 자책감을 느꼈다. 거미는 얼마나 많은 노력을 기울여 집을 지었겠는가. 거미에게는 생명줄이자 존재의 척도, 삶의 보금자리가 아니겠는가. 거미줄이 없는 거미는 존재를 상실한 것이리라. 거미줄을 사납게 구겨버린 나의 충동적인 행위는 마땅히 저주의 대상이 되리라. 왜 그런 난폭한 짓을 하였을까?

쇼스타코비치의 피아노협주곡을 연주하던 그녀를 처음 본 순간 나는 그녀에 대한 막연한 설레임과 그리움과 만남의 기대감을 안았다. 통증과도 같은 연민의 나날을 보냈다고나 할까. 참으로 몽환적인 그리움이었다. 그런데 뜻밖에 예기치 않은 만남이 이루어졌다.

어느 모임자리에서 이런저런 이야기 끝에 인간이 지니고 있는 매력의 집합체가 어느 곳이라고 생각하는가? 조금은 비리척한 대화가 오고 갔다. 나는 망설임 없이 피아노건반을 두드리는 여리고 섬세한 하얀 손가락이라고 말하였다. 다른 친구들은 샛별같이 빛나는 눈동자, 오똑한 콧날, 도톰한 입술, 풍만한 젖가슴, 섹시한 엉덩이를 떠받치고 있는 고혹적인 각선미를 입에 올렸다. 나로서는 상식적인, 하나도 새로울 것 없는 대답들이었다. 친구들은 나의 대답이 의외라는 표정을 지었다.

"자네 말을 듣고 보니 전족(纏足)의 아름다움을 찬미하던 시대가 있었지."

한 친구가 맵싸한 웃음을 지었다. 모임자리가 파하고 같은 방향의 친구와 어깨를 나란히 하고 걷는데, 친구는 아직도 나의 대답을 가슴에 담고 있었다.

"인간의 손은 창조적이라고 하였는데, 피아노건반을 두드리는 여리고 긴 하얀 손가락이라니. 몽상적인 발상이었어. 그녀가 누구지?"

"쇼스타코비치의 피아노협주곡을 연주하던 하얀 손가락이 눈앞에 다가왔지. 피아노건반을 두드리기에는 너무나 여리었어."

나는 텔레비전 자막에서 익힌 그녀의 이름을 말하였다.

"그래? 의외인걸. 그녀라면 잘 알지. 대학 은사님의 따님이거든. 피아니스트로 장래를 촉망받고 있지만 나는 그녀의 긴 손가락에 매력을 느끼진 못하였어. 자네의 그 마음은 무언가를 예시하고 있음 직해. 소개시켜 줄까?"

나는 친구의 말에 웃음으로 대답하였다. 그녀를 만나서 어쩌겠다는 건가? 그녀의 희고 긴 손가락에 반하였다고 고백할까? 친구는 자신의 말에 신의를 지켰다. 친구 은사님의 고희출판기념식에 함께 가자는 것이었다. 그 자리에서 그녀의 피아노독주가 있을 것이라고 하였다.

친구 은사님의 고희출판기념식은 원로학자다운 분위기를 자아냈다. 나는 다소 객쩍은 기분이 들었으나, 그녀가 아버지를 위해 피아노 앞에 앉았을 때 설레는 마음을 어찌할 수 없었다. 미묘한 감정이 물안개처럼 나를 감싸 안았다. 친구는 나의 그 같은 감정 변화를 읽으며 재미있어 하였다.

그녀의 희고 가냘픈 손가락이 피아노건반 위에서 나비의 날갯짓으로 곡예를 하는 선율은 숲속을 아우르는 빗방울 소리였다가 아득히 밀려오는 파도소리로 가슴을 두드렸다. 환몽과도 같은 결 고운 영혼의 숨결. 나는 피아노건반 위에서 춤추는 그녀의 하얀 손가락에서 눈을 뗄 수 없었다. 짧은 소나티네였는데도 나는 기나긴 황홀경에 빠져들어 헤어나지 못하였다.

"이 친구, 단단히 홀린 모습이군."

친구는 자리에서 일어나며 나의 의식을 일깨웠다.

"내 영혼이 장작불로 활화하는 기분이야."

"이해가 안 가. 자네나 나나 음악의 깊이를 제대로 알기나 하는가?"

"나도 모르겠어."

"약속대로 내가 소개시켜 줄 차례인가? 영혼의 울림으로 만나는 인연. 흔치 않을 거야."

친구는 고희출판기념식이 끝나고 뒤풀이를 하는 자리에서 자연스럽게 그녀를 소개시켜 주었다.

"피아노건반을 두드리는 제 손가락에서 영혼의 울림을 느꼈다는 분이 이분이세요?"

그녀는 첫마디부터 솔직하고 꾸밈없는 발랄함을 지니고 있었다. 친구는 사전에 나에 대한 이야기를 심어주었는가 보았다.

"제 자신도 이해가 되지 않습니다. 음악에 대해서는 문외한인데……."

"가장 아름다운 음악은 자연의 소리예요. 인간이 울리는 소리는 한계가 있어요. 때로는 거기에서 절망을 느끼기도 하구요."

"미술, 문학 또한 그렇지 않은가요?"

"모든 예술이 자연의 위대한 생명의 소리에 미치지 못하죠."

그녀는 친구의 짓궂은 부언(附言)에 희미한 그늘진 외로움을 드리웠다.

"저는 한 떨기 꽃망울에서 눈물을 봅니다. 아름답고 화사한 꽃일수록 바람에 떨어지는 꽃잎이 슬퍼 보이지 않던가요?"

"화려한 그늘 속에 드리운 절망과 눈물. 그리고 새로운 생명의 잉태. 그걸 아는 자가 몇이나 되겠어요. 우리 종종 만나요."

그녀는 진솔한 여운을 남기고 먼저 자리를 떴다. 나는 그녀의 한마디를 가슴에 되새기며 알 수 없는 미지의 세계를 향하는 부푼 기대감으로 충만하였다.

"자네를 종종 만나고 싶다고 하다니, 정말 의외야. 주위에서는 보통 콧대가 높은 게 아니라고 하는데. 차가운 존재감을 허물어뜨리지 않거든. 어쩌면 피아노에 매달려 주위를 돌아볼 여유가 없는지, 아니면 자기세계에 젖어 있는지. 그런데 이건 아무리 생각해도 파격적이야."

친구는 나의 어깨를 우정 어리게 두드렸다.

그녀와의 만남은 그녀의 바쁜 일정에 쫓기어 가뭄에 단비 뿌리듯 하였다. 그런데도 기다림과 열망에 값하듯 열정적이고도 순수한 마음이었다. 특별히 나를 위한 그녀의 피아노 음율은 황홀함 그것이었다. 그녀의 희고 긴 손가락이 나비의 날갯짓으로 피아노건반 위에서 춤을 추는 모습을 바라보노라면 무아지경을 헤매게 하였다. 어쩌면 저렇게도 천상의 음율을 자아낼 수 있을까. 아득히 나의 존재를, 현재의 시공을 망각하였다.

그녀는 그런 나의 모습을 바라보며 가없는 사랑의 눈길을 보냈다. 나는 그 눈길을 때로는 밝은 햇살로, 때로는 밤하늘을 수놓는 별빛과 삼라만상을 창백하게 비질하는 달빛으로 받아들였다.

"우리 바다로 나가요! 파도소리는 우리의 심장박동과도 같아요."

서로의 눈길이 허공에서 마주치면 그녀는 까르르 웃음 짓는 소녀의 해맑은 얼굴로 나를 바다로 이끌었다. 그녀는 피아노건반 위에서 열정을 쏟고 나면 예외 없이 하늘을 품안은 바다를 찾았다. 천년의 숨결로 발밑을 때리는 파도소리야말로 인간이 범접할 수 없는 생명의 소리라고 하였다.

그녀가 내 곁을 떠난 뒤에야 그녀는 피아노건반을 두드릴 때마다 자신의 한계성이랄까, 미세하게 가슴을 비집고 들어서는 절망감을 한 움큼 깨문 나머지 바다를 찾았다는 것을 알았다.

"파도가 소리 없는 아우성으로 밀려오는 정경과 하늘의 구름조각을 보세요. 하늘과 지상 위에서 울려주는 이중주야말로 어느 누구도 흉내 낼 수 없어요."

모래사장에 누워 바닷물에 발을 담근 채 하늘을 바라보며 그녀는 한숨 짓듯 말하였다.

"너무 의미를 부여하거나 색상을 드리우지 말아요. 물과 공기를 마시듯 무색 무취 무심한 마음으로 받아들여요."

"그래야 하는데……. 색이 없고 냄새가 없는 물과 공기. 그게 가장 아름답고 지순한 경계이자 선율 아니겠어요. 그걸 알면서도 인간의 욕망이랄까, 이기심은 곧잘 본분을 잃게 하고 허상을 낳게 해요."

"모든 사물에 대해 겸손할수록 바다와 같이 가장 낮은 자세가 필요한 법인데 어디 그런가요. 한줌 회의도, 절망과 고뇌, 시기와 질투심까지도 따지고 보면 자연의 순리를 망각한 병리현상이지요. 나는 피아노건반을 두드리는 하얀 손가락에서 파도소리와도 같은 가장 낮은 선율을 느끼고, 물과 공기와도 같은 무색무취의 열린 시공과 율동적인 평화로움을 맛보아요."

"가슴에 와닿는 아름다운 찬사이자 따뜻하고 파릇한 회초리를 지니고 있네요. 저도 순일한 자연의 도리를 찾는 가운데 그 마음을 닮아가려고 애써요."

그녀의 도전적인 입술이 열정적으로, 마치 희고 여린 손가락으로 피아노건반을 울리듯 나의 입술을 소유하였다. 나는 격정적으로 그녀와 하나가 되어 발목을 때리는 바다 속으로 유영하였다.

그녀와의 만남은 그것으로 이별의 아픔과 절망적인 고뇌에 휩싸이게 하였다. 그녀가 피아노연주를 위해 고국을 떠난 것이다. 갑작스러운 별리라기보다는 언젠가는 이날이 올 것이라는 예감 속에서 떠나보내는 아쉬움이 컸다. 다시 만나리라는 기대감과 기다림으로 서로의 마음을 다독였다. 그러나 처음과는 달리 점차 소식이 빛바래졌다. 때로는 기다림과 그리움에 지쳐 그녀와 즐겨 찾았던 바닷가를 찾았다. 지나간 애틋한 추억에 젖으며 바닷물을 안주 삼아 한잔 술을 들이키노라면 자신도 모르게 목이 메이면서 그리움으로 자맥질하였다. 별리의 아픔. 그것은 통증이었고, 전신마비와도 같았다.

솔바람소리가 봄 향기를 실어 왔다. 새벽녘 오동나무가지에 매달린 서녘 달을 바라보며 깊은 사색에 잠겼다. 때까치 한 쌍이 나의 사색을 훼방이라도 하려는 듯 새벽달이 걸린 오동나무가지 위에 날아와서 온갖 교태를 지었다. 나는 그 모습을 무연히 지켜보다가 샘가로 나갔다. 사백 년 숨결소리로 반겨주는 샘물로 목을 축이고 세수를 하였다. 정신이 해맑아졌다.

뒷짐을 지고 산책길에 나섰다. 청매실이 제법 영글었고, 송화(松花)가루가 미풍에 흩날렸다. 노란 꽃가루가 풀잎 위에, 보도 위에 내려앉았다. 엄나무, 가시오가피나무, 헛개나무 잎은 지순한 자연의 숨결을 머금었다. 벌들이 배추꽃과 꽃잔디 위를 부지런하게 넘나들고 있었다. 먼 바다가 가없이 열려 있고 내려다보이는 들판이 마냥 푸르렀다. 어제의 치막한 안개의 너울은 간 곳이 없었다. 사위가 생명의 숨결소리로 넘쳐났다. 대나무 숲에서 자연을 노래하는 새들도 봄 향기에 젖었다.

뒷동산으로 오르는 샛길로 들어섰다. 어제 아침 안개비가 방울져 맺힌 거미줄을 사납게 망가뜨렸던 죄책감이 문득 가슴에 채였다. 이 해맑은 날 집 잃은 서러움으로 얼마나 원망할까? 가만한 걸음으로 금빛백금거미의 존재를 확인하기 위해 다가갔다. 아, 이럴 수가! 나의 예상과는 달리 언제 그랬느냐는 듯이 새롭게 거미줄을 쳐놓았다. 거미집 재건에 미진한 구석이라도 있다는 듯 여리고 가냘픈 긴 발가락으로 마무리를 하고 있었다.

나는 기꺼운 마음으로 지켜보았다. 미세한 바람결에도 반응하였다. 그때마다 금빛백금거미는 민감하게 그 긴 발가락으로 사물의 실체를 확인하였다. 바람에 실려 온 송화가루가 거미줄에 맺혀났다. 꽃단장을 하는 모습만 같았다. 거미는 송화가루에도 민감한 반응을 보였다. 그때 날벌레 한 마리가 거미줄을 들이받았다. 거미는 민첩하고 날렵한 동작으로 먹잇감을 포획하려 들었다. 사투가 시작되었다. 잡아먹히느냐, 탈출에 성공하느냐. 포획자는 굶주림에서 벗어나 삶의 희열을 맛볼 것이고, 날벌레는 죽음의 덫에서 구사일생으로 살아났음을 확인할 것이다.

거미는 저보다 덩치가 크고 강한 힘을 지닌 날벌레를 포획하기 위해 혼신의 힘을 다하였다. 날벌레도 날개를 파닥이며 사지에서 벗어나기 위해 처절하게 몸부림쳤다. 드디어 승자가 가려졌다. 거미란 놈이 날벌레를 포획하는 데 성공하였다. 길고 여린 발가락으로 자신의 몸체에서 뽑아낸 거미줄로 단단히 얽어맸다. 명주 올보다 더 가늘고 연약한 거미줄로 빈틈없이 포획하다니. 거미는 승리감에 도취된 나른한 자태로 한동안 먹잇감을 지켜보고 있었다. 날벌레와의 사투가 거미에게는 길고 긴 시간이었으리라.

성취감. 동물이나 사람이나 성취감은 행복의 절정 아닐까. 싸움터에서의 승리감. 먹잇감을 포획한 포만감. 사랑을 일구어낸 도취감. 그 모든 것은 욕망의 절정이자 정복자의 자아성취가 아니겠는가. 그 가운데 자아성취의 절대성은 사랑의 쟁취에서 극명하게 나타난다. 동물이나 사람이나 식물에 이르기까지 사랑의 열정은 가장 본능적인 자아성취의 무엇 아닐까. 배태의식. 새 생명의 탄생. 종족본능에 의한 사랑의 행위. 암놈을 사로잡기 위한 수놈끼리의 목숨을 건 처절한 싸움. 여러 색깔과 물질의 향기로 벌, 나비를 유혹하는 꽃들의 생존본능. 누가 시켜서가 아니라 본능적인 욕망과 지배욕에 의한 생존본능이다. 그 밑바닥에는 무의식적으로 자신의 인자를 고스란히 생성하고 싶은 합일된 기원이 배설이라는 교류를 통하여 이루어진다.

나는 포획물을 느긋한 성취감으로 지켜보고 있는 금빛백금거미를 바라보며 그녀가 보낸 편지 한 구절을 떠올렸다. 그녀가 고국을 떠나고 나서 처음 보낸 편지였다.

어젯밤 한 차례 연주가 있었어요. 긴장한 탓도 있었으나 굉장히 힘든 연주였어요. 청중의 반응은 의외로 뜨거웠어요. 그러나 연주자로서 아쉬움이 남았어요. 아직은 진일보를 위한 과정 아니겠어요? 멀리 떨어져 있는 당신의 체온이 말 없는 대화로 다가와 제 마음을 온통 차지하네요.

바닷가에서의 뜨거운 사랑. 하늘의 구름자락에서 이는 바람소리와 파도소리와 당신의 심장박동이 하나로 어우러진 일체감. 오늘의 연주가 거기에 미치지 못한다는 것을 자각하였어요. 한 계단씩 밟아 올라가며 피아노건반을 두드리는 반복되는 행위. 좀 더 완벽한 연주를 위한 각고의 수행. 정작 정상에 올랐을 때의 기분은 어떨까? 과연 정상이 있기나 한 것일까? 그리고 그 순간 치막한 안개처럼 허무와 외로운 차양이 앞을 가린다면 그 절망감을 어떻게 극복할 것인가? 그와는 달리 발가벗은 순일한 열정, 지고지순한 사랑은 그 경계가 사뭇 다르지 않겠어요? 그 같은 실증을 당신과의 사랑으로 자리매김하였어요. 지금이라도 당장 달려가고 싶어요.

그렇게 당장이라도 달려오고 싶다던 그녀는 오늘에 이르기까지 내 앞에 나타나지 않았다. 소식마저 전해 오지 않는다. 어쩌면 바쁜 일정 속에서 그녀 나름대로 성취욕이 배가될수록 나라는 존재는 희미한 옛 사랑의 그림자인지도 모른다.

금빛백금거미를 뒤로 하고 뒷동산을 올랐다. 붉은 소나무가 말없이 반겼다. 소나무에 기대자 송화가루가 눈꽃처럼 머리위에 내려앉았다. 무수한 입자가 눈앞에 떠돌면서 뚜렷한 색상을 나투었다. 그 향기는 그녀가 들려주던 피아노선율 같은 음색을 지니고 있었다.

그녀의 희고 긴 손가락 끝에서 울려 나오는 그 음율에서 매번 솔향기를 가슴으로 느꼈다. 그러한 감정과 정감은 어린 시절 무의식적으로 몸에 지녔던 향수가 아니었을까.

뒷동산 산신당 주위에 세월을 헤아릴 수 없는 노송이 이마를 마주하듯 서 있었다. 마을사람들은 산신님과 산신할미의 혼이 깃들어 있는 연리지(連理枝)라 하였다. 온갖 산새들이 깃을 들기도 하였고, 머나먼 창공을 날아온 황새가 쉬어가기도 하였다. 나는 그곳에 오르면 진한 솔향기에 취하였다. 하늘과 가교 역할을 하는 아름드리 소나무에서 풍겨 나오는 솔향기는 태고의 숨결로 다가와 마음을 한없이 평화롭게 하였다.

그렇게 추억으로 배어 든 솔향기를 그녀는 여리고 긴 손가락 끝에서 재생시켜 주었다. 때로는 미풍에 실려 오는 해조음으로, 그런가 하면 봄날의 운무처럼 솔향기를 피어나게 하였다. 처음에는 나의 내밀한 마음의 음영을 헤아리지 못하였다. 세월과 더불어 나의 회색빛 추억의 울림, 그 잔여울을 이해하였을 때, 그녀는 유연하고 격정적인 선율로 나의 영혼을 일깨웠다.

나는 그녀의 편지가 올 때마다, 그리고 전류를 타고 들려오는 그녀의 목소리를 들을 때마다 그녀만이 지니고 있는 한계성을 어렴풋하게 감지하였고, 자신의 세계에서 벗어나려는 고뇌를 가슴으로 안았다. 그때마다 나는 그녀에게 달려가고 싶었다. 목마른 그리움에 이끌린 그 같은 충동은, 기실은 그녀와는 색상이 조금은 다른 나의 현재의 위치, 꽉 짓눌린 듯한 세계로부터 탈출하고 싶은 잠재의식에서였다. 끝없는 방랑자가 된다 해도 그녀와 함께라면 한 점 후회가 없지 싶었다. 닫힌 공간으로부터 벗어나 무한대의 자유를 누리고 싶었다. 그러나 마음뿐이었다.

그런데 어찌하여 그 같은 충동과 염원을 누질러야 했을

까? 용기가 없어서였을까. 아니었다. 무언가 모를 두려움이 파도말로 가슴을 적셨기 때문이었다. 조금 더 깊은 바다로 나아가면 익사 직전의 난관에 부딪칠지도 모른다는 저어감이 싸늘한 바람으로 비질하였다. 그녀와의 합일 자체가 그 같은 운명을 지니고 있을지 모른다는 막연한 불안감이 가슴을 저미었다.

두려움이란 너무나 소심한 무엇인지도 모른다. 방랑자의 마음으로 세상 밖을 나서면 떠돌이별이 되어 미아가 될지도 모른다는 두려운 환상이 불쑥 치미는 나의 충동을 잠재우게 하였다. 인간의 모둠생활 속에서 일탈한 방랑자. 어쩌면 그녀는 피아노를 짊어지고 세상을 떠도는 집시인지도 모른다. 그녀에게 절실한 것은 믿음자리가 아닐까?

스스로 자위하고 위안을 삼으며 지내는 동안 그녀에 대한 그리움은 가슴 깊이 응고되어 그녀가 어느 곳에서 공전과 자전을 감아올리는지 알 수 없었다. 점점 나의 중심축에서 먼 거리로 비껴나는 듯하였다. 언젠가부터 그녀는 전류를 타고 들려주는 그리움이 배가된 목소리도, 편지도 없었다. 그렇다고 그녀를 나무라거나 원망하지 않았다. 그리움이 가슴 깊이로 응고된 만큼, 그리고 기다림이 켜켜로 쌓인 만큼 그녀는 반드시 돌아오리라는 믿음이 막연한 기대치로 자리하였다.

뒷동산을 한 바퀴 돌아서 이번에는 정반대의 길로 내려왔다. 저 멀리 보이는 검푸른 바다에서 들려오는 파도소리가 들판을 가로질러 와 발길에 채였다. 바로 눈 아래 내려다보이는 호수도 하늘을 닮아 싱그러운 색상을 드리우고 있었다. 지척에서 울리는 샘물소리에 이끌려 샘가에 이르렀다. 사시장철 변함없이 목울음으로 흘러넘치는 샘물. 한겨울에는 김이 서리고, 한여름에는 얼음물처럼 차가워 더위를 식혀주었다. 티 없이 맑은 기운으로 마음을 순화시켜주는 청정수는 지하로 통하는 관문이라고 하였다. 지하세계와 하늘세계와의 연결 통로. 목울음으로 흘러넘치는 샘물소리를 텅 빈 마음으로 듣노라니 나도 모르게 충만한 기운이 가슴에 차올랐다.

샘물은 여과 없이 바다로 나아가 파도와 하나가 되어 무한한 생명을 일깨운다. 신성하고 황홀한 합일이다. 그 심연의 중심부에서 그녀의 피아노소리가 심장을 파고들었다. 그녀의 희고 긴 손가락이 피아노건반 위에서 춤을 출 때마다 파도와 하나가 된 샘물이 날을 세우며 차가운 자태로 출렁인다. 시공을 초월한 만남이자 그리움으로 뒤채는 사랑의 열정이었다. 그러다가 다시금 재회를 갈망하며 본래의 시원으로 돌아간다. 나는 얼굴을 감싸 안으며 시공을 초월한 영원불멸의 사랑을 가슴으로 염원하였다.

그녀는 나에게 어떠한 존재인가? 문득 반문과 회의가 들면서 모든 것을 놓아버리고 싶었다. 집착도, 욕망도, 갈구도, 그리움과 절망과 고통과 괴로움까지 지하 깊이로 사장시킨다. 온갖 번민과 고뇌를 지하 깊이에서 순백색으로 정화시켜 다시금 청정지수로 흘러넘쳐나 바다에 합류한다. 나는 머리를 들어 호수 너머 들판 끝머리에 와 닿는 바다를 바라보았다. 샘물은 저 바다와 하나가 되기 위해 지하에서 샘솟아 호수와 들판을 지나는 긴 여정을 마다하지 않는다. 목울음으로 잠기며 흘러흘러 소금기로 물든 바다의 품에 안긴다.

오토바이 소리에 상념에서 깨어났다. 우체부였다. 그와 함께 샘물과 하나가 된 파도위에서 피아노건반을 두드리던 그녀의 하얀 손가락이 파도에 뒤채이는가 싶더니 바다 속에 잠겼다. 그래, 놓아 보내자. 샘물이 바다에 합류하여 다시금 지하의 세계로 돌아가는 시공을 초월한 순환과정을 인연의 고리로 생각하자. 그녀는 망각의 저 너머 지하의 세계를 돌아 나와 내 앞에 나타날지도 모른다. 나는 집으로 돌아왔다. 방금 우체부가 배달한 우편물을 확인하였다. 매달 정기적으로 보내오는 간행물. 그게 나로서는 세상과의 유일한 소통이었다.

나의 일과는 계절을 뛰어넘어 변함이 없었다. 세속의 명리가 참으로 부질없다고 회의하고 반문하였을 때, 소음과 공해와 욕망으로 들어찬 공간을 뒤로하고 은자의 마음으로 자연의 품에 안긴 그날 이후로 다람쥐 쳇바퀴 굴리듯 정해진 일상사였다. 하긴, 그렇게 생각하면 모든 인간이, 지구상의 온갖 생명체가 죽는 그날까지 한정된 공간과 환경 속에서 반복되는 생활을 누리다 죽음에 이르지 않는가.

어느덧 봄이 가고, 여름이 문지방 안을 기웃거렸다. 신록은 더 한층 짙어지고 바람결은 무더위를 실어 왔다. 나는 뒷짐을 지고 뒷동산을 오르는 샛길을 들어섰다. 금빛백금거미가 나를 반겼다. 저 녀석이야말로 나의 유일한 벗이라 할까. 금빛백금거미는 긴 발가락을 움츠린 채 앙증맞은 모습으로 미동도 하지 않았다. 나는 장난스레 거미줄을 살짝 건드렸다. 기다리고 있었다는 듯 긴 발가락을 촉수처럼 내뻗으며 느릿한 동작으로 거미줄을 탔다. 나를 반기기라도 하듯 가만스레 윤무를 하고 나서 나의 동정을 살폈다. 날벌레를 포획하듯 날렵하고 민첩한 동작이 아니었다. 적의를 드러내지 않는, 조금은 나른한 권태로움인지도 모른다.

그때 한 무더기 바람이 거미줄을 흔들었다. 그러자 금빛백금거미는 출렁거리는 거미줄을 타기 시작하였다. 자신을 위한 방어에서인가, 아니면 바람과 맞서 싸우겠다는 것인가. 그 행위가 퍽이나 도전적인 방어수단처럼 보였다. 거미로서는 한 무더기 바람이건, 날벌레의 부딪침이건 침입자가 아니면 먹잇감으로 여긴 나머지 반사적으로 공격과 방어능력을 발휘할 것이다. 어느 날인가, 거미보다 훨씬 크고 힘센 날벌레가 방향을 잘못 잡아 거미줄을 무참히 찢어발겼을 때, 거미는 방어능력을 제대로 발휘할 수 없었는데도 과감하게 맞섰다. 그리고 망가진 거미줄을 꿰매고 보수하였다. 본능적이고 능동적인 행위였다.

나는 거미와의 대화를 뒤로하고 뒷동산을 올랐다. 금빛백금거미와의 대화는 단순한 울림이었다. 여리고 가냘픈 긴 발가락으로 그 울림을 감지하는 말초적인 능력. 그 무언의 울림으로 많은 이야기와 서로의 존재성을 내밀하게 주고받는다. 그 사이 칡넝쿨이며 무성하게 뒤엉킨 잡초들을 헤쳐 나가기가 고역스러웠다. 붉은 소나무는 끈적한 송진내음으로 여름의 향기를 발산하고 있었다. 저 멀리 파도를 일으켜 세운 무더운 바닷바람이 솔잎을 아우른다. 나는 불현듯 발밑을 때리는 파도에 몸을 내맡긴 채 열정적으로 입맞춤을 하던 그녀의 뜨거운 입술을 떠올렸다. 온 세상이 한 순간 경직되었던 그 입맞춤.

나는 문신처럼 새겨진 그 입맞춤을 떠올릴 때마다 충동적으로 바닷가를 찾았다. 하지만 돌아서는 발걸음은 허전하고 쓸쓸하였다. 아무것도, 아무 실체도 없는 광활한 바다. 발밑을 때리는 파도소리만 태고의 숨결로 그녀의 나신을, 황홀하였던 순간을 일깨워 주었다. 그리움과 외로움이 젖어들고, 목마름으로 갈증을 느끼게 하였다. 한없이 열려진 허무의 시공을 감당할 수 없어 언제부터인가 바닷가를 찾지 않았다. 멀리서 바라보아도 그녀에 대한 아련한 그리움이 가슴에 차올랐다.

한 차례 폭풍우가 들이쳤다. 번갯불은 눈을 부시게 하였고, 천둥소리는 땅을 놀라게 하였다. 거센 비바람은 한밤을 공포의 암흑세계로 몰아넣었다. 나는 한밤을 고스란히 뜬눈으로 지새웠다. 폭풍우는 한밤을 짓이기고 나서 동트는 아침 뒷동산 너머로 사라졌다. 폭풍우가 할퀴고 간 잔해는 처참하였다.

나는 비감 어린 마음으로 주위의 살풍경한 정경을 둘러보다가 이틀 전 우체부가 배달한 정기간행물을 발견하였다. 계절 따라 보내오는 문화예술계 잡지였다. 겉봉을 뜯었다. 그리고 매번 그러하듯 대충 책장을 넘겼다. 갈수록 신선한 맛을 안겨주지 못하였다. 중간쯤 책장을 넘겼을 때, 시선을 고정시켰다. 무엇에 감전된 듯 동공이 크게 확장되면서 붙박이로 얼어붙었다. 세상과 절연한 피아니스트의 은둔과 실종.

이럴 수가! 그녀였다. 화보(畵報)와 함께 실린 그녀는 세월과 함께 빛바랬다고는 하나 예전의 모습을 지니고 있었다. 그런데 피아노 대신 그녀 곁에 세워져 있는 가야금이 눈길을 끌었다. 저 가야금! 언젠가 그녀의 부모님이 부부동반으로 해외여행을 가고 없을 때 그녀는 나를 초대하였다. 그때 반짝반짝 윤이 나는 피아노 곁에 손때 묻은 가야금이 세워져 있었다. 이질적인 악기인데도 어딘지 모르게 잘 어울렸다.

"저 가야금은 저의 할머니의 유품이에요. 할머니는 가야금 명인이었는데, 중년을 넘긴 나이에 돌아가셨어요. 할머니는 제 손이 할머니의 손을 닮았다면서 자신이 이루지 못한 꿈을 손녀인 저에게 기대하였어요. 그런데 아버지는 완강하게 할머니의 소망을 외면하고 시류에 편승하여 저에게 피아노를 안겨 주었어요. 저는 아버지의 뜻을 따를 수밖에 없었지만 할머니께서 물려주신 가야금을 버릴 수 없어요. 할머니의 혼백이 서려 있고, 우리네 고유한 음율이 심금을 울려요."

그녀는 연민 어린 눈길로 가야금을 바라보며 나의 궁금증을 풀어주었다. 나는 할머니의 바람대로 가야금을 전수 받았더라면 보다 섬세한 음율을 빚어내지 않았을까, 애잔한 마음으로 그녀의 여리고 흰 손마디를 어루만져 주었다.

나는 파도말처럼 눈앞에 일렁이는 활자를 타고 넘었다. 그녀는 몇 해 전부터 손가락에 이상이 생겨 정상을 눈앞에 두고 절망을 곱씹은 나머지 머나먼 설산(雪山)으로 은둔하였다는 것이다. 세상과 단절한 가운데 우리네 심금을 울려주는 가야금을 가만히 쓰다듬으면 고향의 사계절과 파도가 뒤채는 바다가 눈앞에 전개된다고 하였다.

제가 사랑하는 사람이 숨 쉬고 있는 고국산천을 멀리서 마음의 가늠자로 바라보며 설산을 찾아온 이유를 아세요? 설산 아래 사는 사람들은 결코 설산을 정복하려 하지 않아요. 그대로들 행복해요. 그런데 세상 사람들은 누구나 욕망을 앞세운 나머지 정상을 오르려고 해요. 그게 과연 행복의 척도(尺度)일까요? 제가 느끼고 깨달은 바로는 인간이 추구하는 정상은 없어요. 욕망의 부산물이에요. 이 말은 결코 저의 변명이 아니에요. 사랑하는 사람 곁으로 갔으면 더욱 좋지 않았느냐구요? 별리의 아픔도 사랑의 인자(因子)예요. 언젠가는 그 사람 곁으로 돌아갈지도 모르구요. 하지만 지금은 무색무취한 시공 속에서 제 자신을 놓아버리고 싶어요.

나는 그녀의 하얀 손가락을 꼬옥 잡아주고 싶었다. 피아노를 칠 수 없는 그녀. 삶의 존재 의미를 잃어버린 절망감. 그래서 소식을 끊었구나!

그리고 더욱 충격적으로 다가온 것은, 새벽 산책길을 나섰다가 눈사태를 만나 실종되었다는 것이다. 나는 머릿속이 하얗게 표백되면서 정신이 혼미하였다. 얼마의 시간이 흘러 지하에서 솟아오르는 샘물소리와도 같은 그녀의 목울음소리를 이명처럼 들으며 의식을 되찾았다. 머릿골이 무엇에 얻어맞은 듯 쑤시고 몽롱하였다.

순간, 나는 몽환자처럼 자리에서 솟구치듯 일어났다. 그리고 한달음에 뒷동산으로 오르는 샛길로 내달았다. 금빛백금거미는 그 어디에도 보이지 않았다. 간밤의 폭풍우에 몇 가닥 거미줄의 잔해만 처절하고 애처롭게 나뭇가지에 걸려 있었다.

심향深鄕

태어난 곳으로 돌아가리

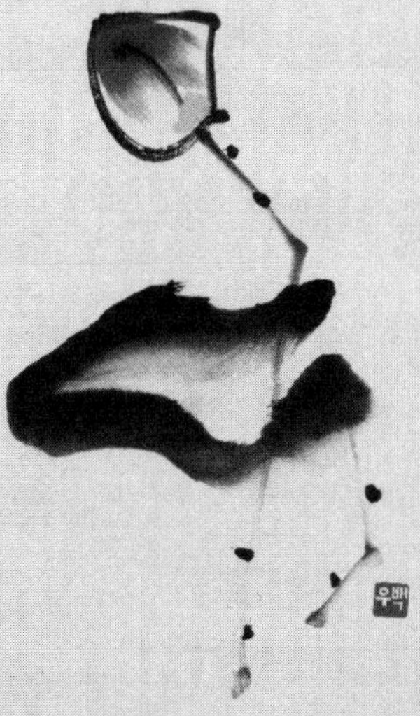

상현달이 너울거리는 한바다를 은은하게 쓸어안았다. 나는 여러 형제들과 바다 깊은 곳에서 태어났다. 그곳이 어디인지 전혀 알지 못한 채 조류를 타고 심해(深海)로부터 벗어났다. 어쩌면 무사히 목적지에 이르러 성장을 거듭하여 새 생명을 잉태하게 되면 다시금 내가 태어난 곳으로 돌아갈 것이다.

나는 형제들과 무리지어 파도를 타고 앞으로 나아갔다. 가는 방향도, 목적지도 오직 본능에 의지하였다. 그러나 그 길은 순탄하지만은 않았다. 생과 사의 갈림길이나 다름없었다. 조류의 간만에 의해 물살의 드세기가 변화무쌍하여 자칫 방향을 잃게 하였고 파도와 싸워야 했다. 어느 순간 거센 바람이 파도를 일으켜 세우면 혼비백산 아득한 나락으로 곤두박이쳤다. 무리지어 서로 의지하며 방향을 잡아가던 형제들은 찢기고 부서져 뿔뿔이 흩어졌다가 다시금 한데 뭉쳐 앞으로 나아갔다.

그런가 하면 시시때때로 달려드는 포식자들이었다. 종류도 다양한 포식자들은 맛좋은 먹잇감으로 우리들을 죽음의 공포 속으로 몰아넣었다. 갈치, 고등어, 준치, 복어를 비롯하여 집채만 한 고기들까지 달려들었다. 그들의 공격을 받을 때마다 난파를 당한 처참한 모습으로 겨우 주위를 돌아보면 그래도 살아남은 형제들은 무리를 지어 파도에 떠밀리며 가고자 하는 방향으로 나아갔다.

그 여정이 더디기만 하여 언제 저승사자가 아가리를 벌리고 달려들지 전전긍긍할 수밖에 없었다. 몇몇 형제들은 운명이거니 하고 체념하기도 하였다. 그러나 그 같은 굴곡진 시련은 시작에 불과하였다. 저 멀리 포구의 불빛이 유혹이라도 하듯 길라잡이 역할을 하였다. 이제 목적지가 멀지 않았다! 우리는 환희로 들떴다. 어떤 형제는 기쁨의 눈물을 흘리기도 하였다. 파도에 뒤채는 갯벌내음이 마음을 설레게 하였고, 우리의 형제들은 다소 여유로운 마음으로 바다와 강물이 합류하는 늪의 습지로 향하였다.

우리들은 포구의 불빛에 현혹되어 갈래갈래 무리를 지어 너울거리는 파도에 몸을 내맡긴 채 다가갔다. 본능적으로 목적지에 가까이 왔음을 알았다. 그런데 누가 알았으랴. 환희로 들뜬 우리들의 운명을 여지없이 낚아챌 사냥꾼들이 기다리고 있을 줄을. 그들은 꿈에도 생각하지 못한 사악한 포획자들이었다. 나중에 안 일이지만, 그들은 우리들이 나타나기를 오래전부터 기다리며 만반의 준비를 하고 있었다. 우리들을 손쉽게 포획할 수 있는 도구들을 갖춘 채 호시탐탐 기다리고 있었다. 그것도 모르고 우리들은 어리석게도 그들이 유인하는 불빛을 바라보고 유유자적 방파제 너머의 갯벌내음을 맡으며 다가간 것이다.

나는 운수 사납게 무리지어 합류한 형제들과 함께 뜰채에 걸려들었다. 포로 신세가 된 것이다. 용케 그들이 유인한 불빛을 피해 간 다른 무리의 형제들은 무사히 강물과 바다가 합류하는 늪의 습지에 이르러 둥지를 마련할 것이다. 아차, 잘못 걸려들었다고 후회하기에는 이미 때가 늦었다. 몇 날 밤샘을 하며 기다리던 포획물을 바라보며 즐거워하는 그들의 대화가 더욱 비감 어리게 하였다.

"어이, 올해는 수확량이 괜찮구먼."

"그 대신 값이 형편없잖은가. 작년에는 마리당 오천 원을 넘나들었는디, 올해는 씨알이 많이 잡혀 값이 밑바닥으로 떨어졌어."

"그래도 많이 잡힌 만큼 작년에 비할 바가 아니지. 쏠쏠

한 재미로 피로감도 줄고, 동트는 새벽같이 찾아오는 봄을 즐겁게 보내겠어."

나는 그들의 대화에서 더욱 처절한 목울음을 삼켰다. 그들은 올해뿐만 아니라 작년에도, 재작년에도 이맘때쯤이면 상습적으로 우리의 형제들을 포획하고 상매(商賣)를 한 것이다. 그들의 대화에서 간장을 도려내듯 아프게 다가온 것은 아프리카 노예를 들먹일 때였다.

"이놈들을 뜰채로 뜰라치면 문득 아프리카 흑인들을 무차별 사냥하여 노예시장으로 팔아넘긴 백인들의 행태가 생각나."

"그렇게까지 비약하는가? 허긴, 듣고 보니 무언가 비교될 법도 하네."

"생각해 보게나. 백인종족의 인종우월주의와 침략지배자들의 노예제도는 토착민들의 자유를 억압하였고, 돈의 단위로 거간질을 하지 않았는가."

"노예제도뿐이겠는가. 한바다에서 매일같이 잡아 올리는 어선들의 행태도 일종의 싹쓸이 남획이라고 볼 때 인간의 욕망은 끝이 없느니."

아프리카 흑인들을 잡아다 노예시장에 내다 팔았다? 나는 그들의 대화를 선뜻 이해할 수 없었으나 우리도 그렇게 값을 매겨 어디론가 팔려가겠구나, 하는 생각을 가슴에 여밀 수밖에 없었다. 어디로 팔려가는 걸까? 악몽처럼 다가오는 두려움으로 까닭 모를 슬픔이 차오르면서 심장을 아리게 하였다. 아닌 게 아니라 몇몇 형제들은 그 소리를 듣는 순간 졸도하듯 파닥거리다 숨을 거두었다. 사냥꾼들은 형제들의 죽음마저도 무심히 넘기지 않았다. 죽어간 형제들을 안주 삼아 소주잔을 들이켰다. 섬뜩하고 잔인한 행위였다. 그들은 형제들의 충격사(衝擊死)를 오랜 여정으로 인한 피로현상쯤으로 가벼이 매김하였다.

나는 그들의 대화를 뒤로하고 다른 형제들과 뒤섞여 숨통 막히는 좁은 밀실이나 다름없는 네모난 플라스틱 통에 갇혔다. 그곳에서도 성질 급한 몇몇 형제들은 숨막혀하면서 질식사하였다. 좋게 말해서 질식사이지 탈출을 하려고 발버둥치다가 죽어간 것이다.

"아까운 것!"

우리들을 포획한 사내는 그 한마디를 내뱉으며 간밤에 죽어간 또 다른 형제들과 함께 닭 모이로 던져주었다. 사내의 건조한 말 속에는 애잔한 마음이라고는 털끝만큼도 없었다. 얼마간의 금전적인 손실을 보았다는 애석함이 깃들어 있었다. 우리의 존재를 어디까지나 돈의 단위로 생각하였다. 그렇게 일주일 남짓 좁은 공간 속에서 갇혀 지낸 우리는 본격적으로 경매입찰을 하듯 상거래가 이루어졌다. 저들의 말대로 아프리카 흑인들이 강제로 붙잡혀 와 노예시장에서 상품화되듯이 흥정이 오고 갔다.

"마리당 오백 원이요? 에이, 그건 너무하잖소. 밤샘한 수고도 생각해 주셔야지. 작년에는 마리당 오천 원에도 없어서 못 팔았는디……."

"아, 옛날이여. 노래할 때가 따로 있지. 작년에는 그만큼 물량이 적게 잡혀 희소가치가 있었잖았소."

"그래도 그렇지. 천 원을 준다 해도 뭣할 건디."

"좋수다. 쌈박하게 마리당 백동전 두 개 더 얹어줄 텐께 마음 접드라고. 더 이상은 안 되야. 그것도 싫다면 할 수 없고."

"이건, 영 아닌디……."

그러면서도 못 이긴 척 머리를 긁적이며 흥정을 마무리하였다. 우리는 운반용 트럭에 실렸다. 또 어디로 가는 걸까? 우리들은 두려움과 슬픔을 베어 물었다. 우리들을 실은 트럭은 멀지 않은 곳에 자리 잡은 양식장에 도착하였다. 그곳은 바닷물과 강물이 만나는 곳이었다. 양식장에는 우리들보다 먼저 잡혀온 형제들이 살랑살랑 꼬리를 치며 우리들을 반겼다. 양식장은 공간이 넓은 만큼 숨쉬기가 자유로웠고 몸놀림도 원활하였다. 우리들을 사육할 양식장 주인은 생김새만큼이나 뭉툭한 손끝으로 먹이를 주었다. 영양분이 풍부한 고단백이었다. 서러움이 가슴에 차올라 입맛이 당기지 않았으나 배가 고픈 나머지 한입 집어삼켰다.

우리는 그렇게 사육되었다. 민물과 바닷물이 만나는 곳에서 주어진 시간에 일정량 던져주는 먹이를 집어삼키며 자랐다. 자랄수록 공간이 비좁게 느껴졌고 토실하게 몸피가 늘어났다. 양식장 주인은 오로지 튼실하게 살이 오르기만을 바랬다. 내가 생각해도 운 좋게 이곳으로 잡혀 오지 않고 갈대로 우거진 뚝방 너머 드넓은 습지로 숨어든 형제들은 자유를 누리는 만큼 날씬한 몸매를 지니고 있지 싶었다.

계절은 바뀌어 봄이 가고 여름이 돌아왔다. 기온이 상승함에 따라 수온이 올라가고, 본능적으로 드넓은 습지로 숨어들고 싶었다. 생리적으로 돌 틈서리나 뻘 속 깊숙이 안주하고 싶은 욕구 때문인지는 몰라도 모두들 서늘한 습지를 갈망하였다. 하지만 그 같은 바람은 한낱 희망사항이었다. 양식장 밑바닥까지 촘촘한 그물이 이중삼중으로 깔려 있는데다 양식장 벽면은 두꺼운 비닐까지 쳐져 있어 운신의 폭을 좁혔다.

철장 속의 수인들처럼 한껏 자유를 누릴 수 없었다. 행동반경에 제한을 받을 수밖에 없는 신세. 우리 형제들은 절망하지 않을 수 없었다. 수온이 올라갈수록 몸피만 늘어났다. 모두가 비만증으로 굼떴다. 양식장 주인은 우리들의 그런 모습을 바라보며 만족스러워하였다.

"머지않아 이놈들이 제 값을 하겠어."

"그러게. 보양식으로 거듭날 모습이야."

양식장 주인은 먹이를 뿌려주며 하늘을 뒤덮은 먹장구름을 가늠하였다.

"한 차례 비가 올 모양인가?"

"장마가 진다고 하던데, 단단히 단속을 해야겠제."

양식장 주인의 말이 채 끝나기도 전에 빗방울이 듣기 시작하였다. 수면 위에 빗방울이 떨어질 때마다 시원함을 느꼈다. 빗방울이 수면 위에 튀기는 소리는 저 심해(深海)의 머나먼 해조음만 같아 비릿한 향수를 머금게 하였다. 빗줄기는 점점 거세어졌다. 비바람을 동반한 빗줄기는 밤이 깊어가면서 더욱 사납게 쏟아져 내렸다. 번개와 천둥이 하늘과 땅을 뒤흔들고, 하천은 불어나 들판을 물바다로 만들었다. 건너편 갈대숲이 목물로 잠겼다.

"형제들, 기회는 이때다!"

누군가 결연한 목소리로 외쳤다. 기회라니? 우리들은 소리 난 쪽으로 모여들었다.

"탈출을 감행하는 거다. 아무도 우리를 막지 못할 것이다."

"자유를 누리자!"

우리 형제들은 함성을 내지르며 탈출을 시도하였다. 양식장 주인이 쳐놓은 그물망 위 시뻘겋게 넘쳐나는 물길 속으로 잠행하였다. 범람한 하천에서 허우적거리며 한동안 떠돌았다. 평소 뚝방 너머 갈대숲이 지척이라는 것을 잘 인지하였는데도 혼탁한 홍수 속에서 방향감각을 잃은 것이다. 어쩌면 오랜 시간 갇혀 지낸 비만한 몸피로 움직임이 둔해진 때문인지도 몰랐다.

장마가 끝나고 수문은 몇 날 며칠 시뻘건 흙탕물을 토해냈다. 그와 함께 서서히 본래의 모습으로 돌아왔다. 양식장 주인이 내달려 왔다. 양식장은 엉망이었다. 양식장 주인은 탄식과 함께 무너지고 망가진 곳을 보수하고 땜질하기에 비지땀을 흘렸다.

"상당한 손실을 가져왔구랴."

"몇 마리쯤 도망간 거야 감내해야겠제."

양식장 주인은 어두운 그늘을 드리우면서도 절망적인 표

정은 아니었다. 양식장 주인은 보수가 끝나자 하천과 바닷물이 만나는 곳에 설치해 둔 그물을 끌어올렸다. 놀랍게도 그 속에 탈출을 감행한 형제들이 갇혀 있었다. 양식장 주인의 오랜 경험에서 온 대비책이었다. 우리 형제들은 그것도 모르고 범람한 홍수 속에서 방향감각을 잃고 우왕좌왕 방황하다가 그물 속에 갇힌 꼴이었다. 탈출을 시도하기 전에 양식장 주인의 지능적인 사전 대비책을 간파하였더라면 이렇게 쉽사리 생포되지는 않았을 것이다.

"역시 자네는 제갈량 빰치겠어."

"내가 한 해 두 해 장마를 겪었는가."

나는 양식장 주인의 자화자찬의 말을 들으며 그 가운데 운 좋게 탈출에 성공한 형제들에게 무언의 박수를 보냈다. 나와 함께 지내던 친구도 보이지 않았다. 친구여! 무사히 바깥세상으로 나갔으니 건강하게 잘 자라 건장한 상대를 만나 사랑을 키우고 새 생명을 안고 우리가 태어난 곳으로 돌아가 새 생명을 낳거라. 나는 기도하는 마음으로 친구의 앞날을 기원하였다.

다시금 양식장으로 끌려온 형제들과 더불어 전보다 더 철저한 감시를 받으며 사육되었다. 우리들의 몸피는 점점 늘어나 포동하게 살이 찌고 윤기가 흘렀다. 그와 동시에 여름이 막바지에 이르렀다. 삼복 불볕더위 속에서 한 차례 폭풍우가 지나갔지만, 양식장 주인은 지난번 장마 때의 손실을 허락하지 않았다. 사전에 그에 대한 대비책을 마련하여 우리들의 탈출을 원천봉쇄하였다. 몇몇 형제들이 무모하게 탈출을 시도하였으나 수포로 돌아갔다.

"이제 제철이 돌아온 듯싶으이."

"빛깔 좋고, 상태가 아주 좋구랴."

어느 날 운송용 수족관차가 우리들을 옮겨 실었다. 홍정이 오고 간 끝에 우리들은 수족관차에 실려 또 다른 곳으로 팔려갔다. 비릿하고 짭질한 갯내음이 나는 곳과는 거리가 멀었다. 산세가 웅장하면서도 수려한 구릉지였다. 산의 형상이 마치 코끼리를 닮은 듯한 곳이었다. 코끼리의 배에 해당하는 부위에 골프장이 조성되어 있었고, 펜션이 산뜻한 위용을 자랑하고 있었다. 우리들을 사육하는 양식장은 코끼리의 목덜미 부분이었다.

어떻게 이런 곳에서 숨 쉬고 살 수 있을까? 우리들은 너무나 생소한 곳이어서 어리둥절한 가운데 도무지 실감이 나지 않았다. 전연 생뚱맞다고나 할까, 비릿하고 짭질한 갯내음을 맡을 수 없어 멀미가 날 지경이었다. 그러나 그것은 기우에 지나지 않았다. 며칠 지나자 자신들도 모르게 새로운 환경에 적응하였다. 저 멀리 내려다보이는 바닷물을 차로 실어 오는지 모르겠으나 소금기가 알맞게 배어난 신선한 물은 우리들의 정신을 맑게 해주었다.

우리들은 그곳에서 나름대로 쾌적한 나날을 보냈다. 먹이도 영양가 높은 것으로 부족함이 없어 더욱 몸피가 검게 윤이 나면서 불었다. 토실하게 살이 오른 서로의 몸피를 바라보며 서글픈 웃음을 나누었다. 양식장 주인이 이렇게 정성을 들여 키우는 까닭은 영리적인 속셈에서일 터였다. 부풀린 만큼 상품가치가 치솟는 몸값. 그 점을 생각할 때마다 두려움을 깨물었다. 불길한 생각은 똬리를 틀면서 공포 속으로 몰아넣었다.

여름의 무더위가 한풀 꺾이고, 산야에 제 절개를 굽히지 않는 들국화가 피어나고, 단풍이 붉게 물들어 갈 즈음 저승사자처럼 한 무리 사람들이 들어섰다. 검은 승용차 뒷간에는 골프채가 들어찼고, 남녀혼성으로 짝을 이룬 사람들은 선글라스에 모자를 눌러쓰고 있었다. 평소 잘 가꾼 탓인지 여자들은 나이를 짐작할 수 없는 젊음을 자랑하였다. 보나마나 보톡스며, 인조유방이며, 요염한 미태를 위한 노력을 아끼지 않았을 것이다. 남자들은 알맞게 아랫배가 튀어나오고, 그만큼 기름기가 흘렀으며 한껏 여유로움을 지니고 있었다. 인간들은 돈의 단위로 그 사람의 위상과 품위를 내보이는가 싶었다.

“아무리 보아도 천혜의 자연경관이야.”

“그러게요. 삭막한 도시의 공간에서 벗어나 이런 경계를 맛볼 수 있다니요. 이곳의 가을풍경은 두고두고 가슴에 남겠어요.”

“가을풍경뿐이겠소. 이곳에서 나는 보양식을 맛보게 되면 첫사랑이 절로 생각날 것이오.”

배불뚝이 사내는 비릿한 웃음을 흘리며 술과 안주를 주문하였다.

“장 사장, 첫사랑 생각만 나겠어요.”

각진 얼굴의 사내가 게슴츠레한 눈으로 곁에 앉은 여자를 돌아보았다. 보아하니 일본인이었다. 그러자 마주 앉은 얼굴빛이 검붉은 사내가 일본말로 무어라 주석을 달았다. 저들은 사업차 아니면 관광차 왔을 것이다.

양식장 주인은 그 사이 뜰채로 우리들을 포획하여 주방장에게 넘겼다. 운 좋게도 나는 포획의 대상에서 벗어났다. 하긴, 오늘은 무사히 위기를 모면하였을지라도 내일은 어떻게 될지 모른다. 뜰채로 포획된 형제들은 솟구치듯 파닥거리며 몸부림쳤다. 나는 그들을 바라보며 하염없이 눈물을 흘렸다. 형제들의 처절한 몸부림이 나의 모습 아니겠는가.

주방장은 능숙한 솜씨로 손님들이 보는 앞에서 형제들의 목숨을 가차 없이 앗아갔다. 칼등으로 내리쳐 기절을 시킨 다음 도마 끝에 박아놓은 못에 머리통을 짓뭉개듯 박아놓고 예리한 칼날로 등줄기를 마치 서예가가 일필휘지로 한일자를 내리긋듯 단숨에 가르텄다. 등줄기 뼈마디에 살 한 점 붙지 않는 명쾌한 솜씨였다.

"일기필살. 사무라이검법을 보는 듯하구만."

각진 얼굴의 일본사람이 감탄 어린 눈으로 바라보며 벌써 입맛을 다셨다. 주방장은 그 말에 고무되기라도 한 듯 내장을 발라내고 그 가운데 쓸개는 조심스럽게 따로 떼어내어 두 홉들이 소주병 마개를 따고 그 속에 집어넣었다.

"저 쓸개주가 뭐니 뭐니 해도 최고야."

배불뚝이 사내가 음흉한 미소를 지었다. 주방장은 그들이 주문한 양을 시원스럽게 장만하였다. 그러자 손님들 곁에서 보조를 하던 종업원이 벌겋게 불꽃을 일으키는 참나무 숯불 위에 올렸다. 굵은 소금을 뿌려가며 자글자글 정성스럽게 구웠다. 마지막 죽는 순간에도 소금기를 머금는구나. 나는 그 모습을 바라보며 저 아득한 심해, 내가 태어난 곳을 아슴하게 떠올렸다. 영원히 돌아갈 수 없는 곳. 여기에서 내려다보이는 광활한 바다, 그 어디쯤 우리가 태어난 곳이 있을 터였다. 비릿한 소금기를 머금은 바닷바람이 산등성이를 휘젓고 지나칠 때마다 나는 목마름으로 그리움을 삼켰다.

"바로 이 맛이야. 가을 진미로서는 최상 아니겠어."

그들은 노릇하게 숯불에 익은 기름기 배인 살점을 탐욕스럽게 씹어 삼키며 술잔을 들었다. 건배! 술잔 부딪치는 소리가 밀림 속 식인종의 북소리처럼 들렸다. 나는 형제들을 부둥켜안으며 오열하였다. 저들의 만찬을 위해 희생된 형제들의 시신을 식도락으로 즐기는 약육강식…….

"가을이 되면 즐겨 이곳을 찾는 장 사장님의 속내를 알 만해요."

"여부가 있나. 다나까상은 어떻소?"

"풍류식객. 그 말이 걸맞게 떠오르오. 예로부터 식욕과 색욕은 동질성을 지니고 있다고 하였는데, 자연경관과 더불어 새삼 이 맛을 즐기고 보니 허튼 말은 아닌 성싶으오."

다나까는 감나무가지에 달라붙은 매미처럼 착 안겨드는 여자가 기름기 번지는 안주를 보쌈을 싸서 입이 미어지게 넣어주자 무척이나 만족스러워하며 여자의 엉덩이를 쓰다듬었다.

"그런데 말이오. 오래전 젊은 시절 가슴에 품었던 게이샤와의 황홀했던 추억이 마음 언저리에 번지오."

다나까와 마주앉은 일본사람이 추억 어린 눈으로 술잔을 들었다.

"나까무라상도 게이샤 오차야를 찾았더랬소?"

다나까가 눈을 빛냈다. 술기운이 번진 그 눈빛 속에 무언가를 갈망하는, 욕망의 불꽃과도 같은 내재율을 드리운 채 곁의 여자에게 술잔을 건넸다. 여자는 한껏 요염한 자태로 술잔을 받았다.

"그때 아리따운 게이샤를 안았던 정취가 바로 이 맛이었어요."

"젊은 시절부터 나름대로 식욕과 색욕을 즐기셨군요."

이번에는 김 사장이 맞장구를 쳤다. 자신은 사업차 일본을 문전 드나들듯 하였으나, 게이샤 오차야를 가보지 못하였다.

"그렇게 말씀하시는 김 사장의 눈빛이 영 불량스러운데요. 아주 가까이 선녀 같은 분들이 향기를 풍기고 있는데 울타리 너머의 꽃을 갈구하다니요."

"맞아요. 한국여성들의 품위 있는 절개와 사랑의 질량은 게이샤에 비할 바가 아니지요."

"그래서 일본사람들이 한국여자라면 예로부터 사족을 못 쓰는가 보죠? 현지처를 두고 싶어 하는 이유도 거기에 있을 법하구요."

"일본여성들과는 차원이 다른 무언가가 있어요. 그래서 역사를 거슬러 올라가면 그런 면면들이 나타나지요."

"예를 들면요?"

다나까 곁에 앉은 여자가 호기심 어린 눈으로 재촉하였다.

"짧은 역사인식인지는 몰라도 고려 말 원나라에서 얼마나 많은 한국여성들을 공출해 갔습니까? 기황후라는 여자는 황제의 총애까지 받았고요."

"그 같은 역사적 사실은 다른 차원의 이야기지요. 국가의 비운과 맞물린 수난사라 할 수 있어요."

장 사장이 점잖게 한마디 하였다. 김 사장도 머리를 끄덕였다. 다나까의 역사관은 한국여성의 수난사를 깊이 있게 인지 못한 속내를 드러냈다.

"저도 여성으로써 그 점은 찬성할 수 없어요. 게이샤와 유곽의 창녀와의 비교는 몰라도 일방적으로 끌려간 여성의 수난사와는 질적으로 달라요."

나까무라 곁에 앉은 여자가 심기가 불편하다는 표정으로 이의를 제기하였다.

"허허, 내가 얕은 얼음장 위를 건너려 했는가 보오."

다나까는 웃음을 터뜨리며 김 사장에게 술잔을 건넸다. 그 사이 우리 형제 몇은 뜰채로 붙잡혀 도마 위에 올려져 난도질을 당한 뒤 숯불에 구워졌다.

"방금 전, 원나라로 끌려간 한국여인들의 수난사를 언급하셨는데, 요즘 한참 일본과의 대립각을 빚고 있는 일본군 위안부 문제를 어떻게 생각하세요?"

다나까 곁에 앉은 여자가 다소 심각한 얼굴로 물었다.

"아, 그 문제라면 나로서는 무어라 대답해야 할지……."

다나까는 심기 불편한 얼굴로 구원을 청하듯 나까무라에게 떠넘겼다.

"나의 개인적인 의견으로는 일본군 위안부 문제는 일본과 한국 간의 문제라기보다는 동아시아권의 첨예한 인권문제라는 점에서 피해당사자들의 편에 서야 한다고 생각합니다. 그런 대승적인 차원에서 일본이 백배사죄해야지요."

"그런데 어디 그렇습니까. 나까무라상의 말씀도 너무 원론적이고 포괄적인 면이 없지 않고요."

"아하, 그런가요? 인류역사에서 전쟁을 치른 나라와 민족 가운데 성노예의 희생양이 되지 않은 나라가 어디 있소이까. 약탈과 방화, 그 속에서 자행되는 반인륜적인 살인과 강간, 그러한 역사적 궤적 위에 일본군 위안부 문제도 엮어지지 않을까요? 다만, 일본이 피해자 할머니들의 정신적, 육체적 피해를 충분히 사죄하고 보상해야 하는데, 국제적으로 그 점이 부끄럽고 마음 아픕니다. 보다 양심적이고 솔직하게 속죄하는 마음으로 피해 당사자들에게 접근해야 되는데 말이지요."

"나까무라상의 다소나마 양심적인 역사인식을 일본국민 전체가 가슴에 담았으면 좋겠어요. 일제만행은 일본군 위안부뿐만 아니라 도처에, 그리고 한국인 가슴에 아직도 씻을 수 없는 상처와 분노가 용광로처럼 들끓고 있어요."

"거기에는 소위 토착왜구라고 하는 친일세력들이 일조를 하고 있다고 봅니다. 친일행위에 대해 단호하게 척결하였더라면 하나 된 국민의 마음으로 일제의 만행과 더불어 일본군 위안부 문제를 다루었을 것입니다. 그런데 오늘에 이르기까지 제가 본 견해로는 친일토착세력들이 자신들의 기득권을 위해 목소리를 내고 있어요."

"다나까상의 지적은 공감이 갑니다. 하지만 일본이 자신들의 죄과를 뉘우치고 반성하는 가운데 현실을 직시하고 미래를 여민다면 자연 친일토착세력들도 자숙하고 반성할 것입니다. 병든 나무일수록 뿌리를 도려내야 합니다."

"자, 자, 민족 간의 첨예한 갈등 요인은 점차 슬기롭게 해결의 실마리를 찾겠지요. 여기 두 분을 비롯하여 의식 있는 일본인 개개인을 만나면 솔직한 심정으로 역사적 과오를 인정해요."

장 사장이 자못 심각해지려는 분위기를 다시금 휘어잡았다.

"그러게요. 누구든 역사적 진실을 왜곡하거나 폄훼할 수는 없으니까요. 어쩌다 대화가 여기까지 미끄러졌지요?"

"식욕과 색욕에서부터 게이샤의 추억 어린 회상에서 발단되었어요."

그들은 언제 그랬냐는 듯이 술잔 속에 매몰되었다. 조금 전의 대화는 금방 망각 속으로 잠재우고, 농살맞은 대화가 무르익었다. 분위기가 이마를 붉게 물들일수록 우리의 형제들은 그들의 제물로 희생되었다. 인간들의 식탐은 가히 끝이 없었다. 술과 안주가 바닥이 날 즈음 그들은 무언가를 탐식하려는 충혈된 눈빛으로 들어찼다. 마지막으로 푸르스름한 빛이 도는 쓸개주로 마무리하며 비틀걸음으로 어깨동무하듯 펜션으로 향하였다.

나는 그날의 살생부에서 운 좋게 벗어났다. 하지만 언제 뜰채에 붙들려 도마 위에서 탐욕스러운 인간의 희생양이 될지 몰랐다. 두려움과 공포 속에서 죽음으로부터 벗어나기 위해 전전긍긍하였다. 나는 생각 끝에 한 가지 방법을 실천하기로 하였다. 몸피를 줄이기로. 기도하는 마음으로 몸피를 줄여 나갔다. 겨우 숨 쉬고 살 만큼 금식을 하는 동안 몰라보게 체중이 줄었다. 그렇다고 단식은 마음에 두지 않았다. 나름대로 기본적인 체중을 유지하기 위해 먹이를 섭취하였다. 언젠가는, 그날이 과연 돌아올지 모르겠으나 기회가 주어지면 탈출을 감행하기 위해서였다.

가을이 무르익어갈수록 손님들의 발길이 잦아졌다. 골프 동호인들뿐만 아니라 멀리서 온 미식가들로 붐볐다. 양식장 주인은 매상고가 오를 때마다 즐거운 비명을 질렀다. 우리들의 희생에서 얻은 부의 축적. 나는 양식장 주인의 그 모습을 바라보며 한쪽 구석진 곳에 숨은 듯이 처박혀 지냈다. 주위의 몇몇 형제들에게 체중을 줄여나가자고 의미 있는 눈짓을 보냈으나, 며칠을 배겨내지 못하고 기름진 먹이의 유혹에 빠져들었다. 어차피 언제 죽을지 모르는 시한부 삶, 먹고 보자는 탐식이었다.

오스스 낙엽이 떨어지고 겨울의 문턱에 들어설 무렵 우리의 형제들은 몰라보게 그 숫자가 줄었다. 그렇다고 손님들의 내왕이 뜸한 것은 아니었다. 디룩한 아랫배를 내보이며 찾아들었다. 한눈에 보아도 그렇고 그런 사이의 농익은 여자들을 앞세우고 말이다. 그 사이 하얗게 서리가 내렸는가 싶었는데

진눈깨비가 휘날렸다. 겨울로 들어서자 그들은 따뜻한 실내로 자리를 옮겨 식탐을 즐겼다. 분위기를 축축하게 적시는 음악이 흐르고, 어찌 보면 야외에서보다 더 훈훈하고 농염한 자리 마련이었다. 이제 우리의 형제들도 얼마 남지 않았다. 양식장 주인 말처럼 어디에서 수요를 충당해야 할 지경이었다.

몰라보게 체중이 줄어든 나는 한쪽으로 밀려나 신체단련을 게을리하지 않았다. 어디를 둘러보아도 탈출구는 보이지 않았지만 탈출의 일념으로 자신을 지켜나갔다. 그런 와중에 양식장 주인은 다른 곳에서 양식하던 형제들을 공수하였다. 그들도 몸피가 보통이 아니었다. 시커먼 형체의 기름기 오른 모습은 보기만 해도 식욕을 자극하고도 남았다. 나는 그들의 출현으로 더욱 안전하게 몸을 사릴 수 있었다. 숫자가 적으면 금방 눈에 띌 텐데 구석진 곳에 은신해 있는 나의 존재를 눈여겨보는 사람은 없었다.

그렇게 겨울은 깊어갔다. 산천에 눈이 쌓이고 메마른 나뭇가지를 할퀴고 지나치는 칼바람은 온 세상을 추위 속으로 몰아넣었다. 눈 덮인 산야는 추위로 꽁꽁 얼었다. 양식장도 예외는 아니었다. 기록적인 혹독한 추위라고 하였다. 바람결에 찰랑거리던 양식장 물이 살얼음판으로 뒤덮였다. 손님들의 발길도 뜸하였다.

전혀 예상하지 못하였던 사건이 터진 것은 희망찬 새해를 맞이할 무렵이었다. 계속된 한파는 동토나 다름없었다. 우리 형제들은 현저하게 물이 줄어든 얼음장 속에서 호흡곤란을 느꼈다. 양식장으로 흘러들어 오는 상수관이 얼어 물길이 막힌 것이다.

"이러다가는 장어들이 다 죽겠는데 무슨 대책이 없겠나?"

"상수관이 얼어 상수원 둑을 절개해야겠습니다."

"그렇게라도 해야지."

양식장 주인은 주방장의 의견을 실행에 옮기기로 하였다. 상수원은 그동안 양식장으로 흘려 보내는 상수관이 얼어붙은 관계로 넘쳐날 정도로 물을 가득 싣고 있었다. 양식장 주인은 임시방편용 배관을 설치한 다음 상수원 위쪽을 절개하였다. 순간 상수원 둑이 무너지며 엄청난 물이 폭포수처럼 쏟아졌다. 양식장 주인이 외마디 비명을 지르며 물살에 휩쓸려 나뒹굴었다. 물은 순식간에 양식장을 덮쳤다. 우지끈 얼음장이 깨지고 양식장은 홍수로 범람하였다.

나는 망설이지 않고 탈출을 감행하였다. 양식장 둑을 타고 넘는 물살에 뛰어들었다. 몇몇 형제들도 함께하였다. 구르는 물살에 휩쓸려 곤두박이치듯 굴러 떨어져 개천에 이르렀다. 드센 물살은 개천의 물과 합류하면서 아래로 아래로 흘러

내렸다. 드디어 자유를 얻었도다! 나는 가슴에 차오르는 환희를 마음껏 누렸다. 바닷물과 합류하는 지점에 이르러 비릿한 갯벌내음을 맡았다. 가까이에서 파도소리가 들리고, 물큰 깊고 깊은 바다의 향수가 눈시울을 적셨다. 내가 태어난 곳. 그곳이 어디인지 알 수 없으나 어떠한 난관에 부딪칠지라도 기어이 찾아갈 것이다. 그리고 새 생명을…….

나는 채 말을 잇지 못하였다.

점 點

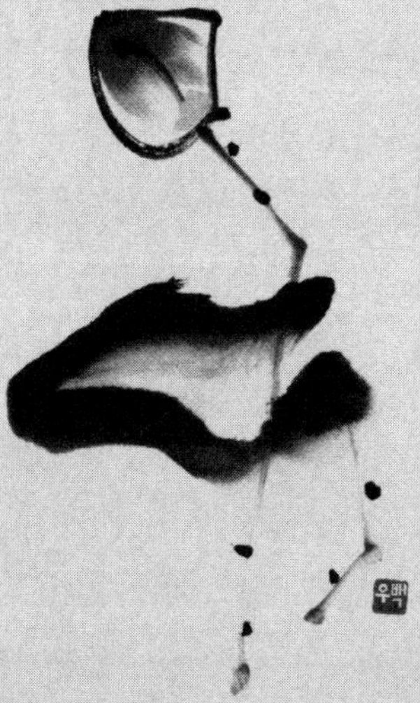

"여기 눕거라."

어머니는 착 가라앉은 목소리로 무릎을 내주었다. 그 목소리 속에는 약간의 긴장감이 잠겨 있었다. 나는 시키는 대로 어머니의 무릎을 베고 누웠다. 오랜만에 젖먹이 시절의 비릿한 훈김이 무릎 사이에서 지펴났다. 다른 엄마들은 뱃속의 생명을 자궁 밖으로 밀어냄과 동시에 분유를 물렸으나, 어머니는 특유의 모성애로 아장걸음마를 할 때까지 젖을 물렸다. 그래서일까, 어머니의 말이라면 동심 어린 마음으로 믿고 따랐다.

오늘만 해도 그렇다. 눈 밑에 점이 도드라져 어머니는 그게 늘 눈엣가시처럼 걸리적거린다는 것이었다. 계집애라면 모를까, 사내자식이 그게 무슨 대수냐고 어머니의 시선 밖으로 나설라치면, 어찌된 세상인지 어디라도 얼굴을 내놓으려면

용모를 우선시 하지 않느냐고 가볍게 질책하였다. 장차 취직이야, 결혼이야, 얼굴에 티끌이 있어서는 안 된다는 것이었다. 나는 내켜하지 않으면서도 어머니의 사정조에 가까운 눈빛이 너무나 진지하여 먼지 털듯 내치지 못하였다.

"그렇다면 병원에서 말끔히 얼굴을 다듬으면 될 게 아니에요."

"또 이발소에서처럼 냅다 뛰쳐나오려고?"

"그럼, 어떻게 점을 빼겠다는 거예요?"

"너의 외할머니는 외할머니만의 비법으로 점을 빼고 나서 보름이나 한 달 뒤에 살펴보면 딱지가 떨어짐과 동시에 점 자국이 없어졌다. 하지만 지금 세상에 그런 민간요법이 아니더라도 얼마든지 손쉬운 방법이 있다."

나는 어머니의 속내를 도무지 가늠할 수 없었다. 어머니의 완강한 설득에 좀 더 시간을 벌기로 하였다. 시간이 흐를수록 어머니는 조바심을 칠 것이고, 그렇게 되면 어쩔 수 없다는 듯 병원으로 등 떠밀 것이었다. 생각이 거기에 이르자, 또 이발소에서처럼 냅다 뛰쳐나오려고? 어머니의 그 말이 벌에라도 쏘인 듯 아프게 마음을 할퀴었다.

내가 처음이자 마지막으로 이발소에 간 것은 중학교에

들어갈 무렵이었다. 그전까지는 어머니께서 자상한 손길로 머리를 다듬어 주었다. 사각사각 귓전에 울리는 가위질 소리는 사랑과 믿음으로 넘쳐나 문풍지에서 이는 바람처럼 경쾌하게 들렸다.

"어때, 알토란같지?"

어머니는 두 손으로 나의 얼굴을 치켜세우며 거울에 비쳐 보였다.

"시원해요."

나는 상큼하게 웃음을 지었다. 어머니와는 그렇게 은밀한 신뢰감이 가슴 밑바닥에 다져졌다. 어머니는 매사 자상함을 심어 주었는데, 거짓말을 한다거나 눈속임 또는 한눈을 팔거나 게으름을 피우면 엄격하게 제재를 가하였다. 무어라 할까, 부드러우면서도 가을 낙엽을 비질하는 가을바람처럼 매찹다고나 할까.

어머니는 머리 손질만 해주는 게 아니었다. 자식에게 베풀어 줄 수 있는 일이라면 남의 손을 빌리지 않았다. 자상하고 자질구레하다 싶을 정도로 어머니의 자식 사랑은 남달랐는데, 그 가운데 나의 마음을 언짢게 한 것은 양말을 기워주는 것이었다. 옛날 가난하였던 시절도 아니고, 무엇보다 또래의 아이들에게 내보이는 게 창피스러웠다. 기운 양말을 애써 감추느라고 얼마나 애를 썼던가. 그러나 나의 염려와 기우는 매번 신경과민에 불과하였다. 어머니는 어떻게나 손끝 맵게, 정성스레 꿰매는지, 또래들은 아무도 기운 양말이라는 것을 눈치 채지 못하였다. 하기야, 요즘 세상에 누가 기운 양말을 신고 다닌다고 생각이나 하겠는가. 그런데도 기운 양말을 신겨 줄 때면 마음이 떫떠름하였다.

"엄마는 다 좋은데 떨어진 양말을 신으라 할 때는 얄밉더라."

"이게 엄마의 사랑이다. 장차 크면 그 뜻을 알 것이다."

내가 불만스러워 할 때면 어머니는 긴 설명 하지 않고 나의 어깨를 토닥였다. 그렇게 자상하던 어머니가 중학교에 들어가자 이발가위를 들지 않았다.

"이제부터 머리 손질은 이발소에 가서 하거라. 면도할 나이도 되어가고……."

어머니는 교복을 입은 나의 모습을 바라보며 이발소로 보냈다. 나는 어머니의 말을 순순히 따랐다. 아닌 게 아니라 거울을 들여다볼라치면 코밑이 검실검실하였다.

가까운 곳의 이발소는 지하였다. 한낮인데도 핑크색 불빛이 감돌았다. 발을 들여놓자마자 잘못 왔는가 싶어 썩 내키지 않았다. 미니차림의 면도사 아가씨의 교태 어린 행동이며, 흰 벽면에 걸려 있는 커다란 거울이며. 요염하게 포즈를 취하고 있는 반나체 차림의 여배우가 영 마음을 거북살스럽게 하였다. 머리에서부터 핸섬하다 할까, 이목구비가 기생오라비 같은 이발사는 흰 가운을 걸쳤는데도 도무지 이발사답지가 않았다. 이발하러 온 중년사내의 머리를 손질하면서 주고받는 요상한 음담패설도 가위질 소리와 각기 따로 겉돌아 듣기에 거북살스러웠다.

"야, 너 이리 와라."

마음 언짢게 차례를 기다리고 있는 나에게 이발사가 턱짓을 하였다. 사뭇 명령조였다. 음담패설을 주고받던 음색과는 전혀 달랐다.

"저, 말인가요?"

나는 반사적으로 자리에서 일어났다.

"그래. 네 차례야. 여기 앉거라."

이발사는 방금 중년사내가 불순물처럼 남겼던 머리카락을 탁탁 털어 냈다. 나는 왠지 모르게 불결한 생각이 들면서 의자에 앉기를 주저하였다.

"웃옷을 벗고 앉아야지. 이발소에 처음 온 게냐?"

"그래요."

나는 떫떠름한 기분을 감추지 못하였다. 이발사는 가운

을 씌우고 의자의 높낮이를 조절하였다.

"그럼, 지금까지 어디서 이발을 하였지? 미용실에서인가?"

"아니에요. 울 엄마가 쭉 해 주셨어요."

"엄마가? 전직이 미용사였어? 아니면 면도사였거나."

그러자 차례를 기다리던 손님들이 입가에 헤픈 웃음을 달았다.

"학원을 운영해요."

나는 얼굴을 찡그리며 못마땅해하였다.

"자상한 엄마구나."

이발사는 심기를 건드린 나의 마음을 건너뛰며 물조리개로 머릿결에 물을 뿌리고 머리를 손질하였다. 세련된 익숙한 솜씨로 금방 이발을 끝냈다. 어머니는 많은 시간을 할애하여 꼼꼼하게 가위질을 하였는데 기계적이랄까, 숙련된 목수가 뚝딱 못질을 하듯 순식간에 머리를 다듬었다.

"자, 저쪽으로 가서 면도를 해야겠다."

이발사는 면도사 아가씨가 대기하고 있는 의자를 가리켰다. 푹신한 의자의 촉감이 싫지 않았다. 나는 면도사 아가씨가 눕히는 대로 편안하게 몸을 눕혔다. 면도사 아가씨의 짙은 향수냄새와 반나체 차림의 여배우가 바로 눈앞에서 요염하게 미소를 지었다. 방금 전 이발을 하였던 중년사내와 이발사가 주고받던 음담패설이 토막 쳐 떠올랐다. 슬쩍 얼굴을 붉히며 스르르 눈을 감았다. 면도사 아가씨는 볼과 턱 언저리에 잔뜩 비누거품을 처발랐다. 자신도 모르게 성년이 된 기분이었다. 면도날이 양쪽 귀때기의 비누거품을 밀어냈다. 면도사 아가씨는 잠시 뜸을 들이고 나서 코밑과 턱을 면도하였다. 간질간질하면서도 시원한 쾌감이 말초신경을 자극하였다. 면도사 아가씨의 손놀림이 어찌나 나긋나긋 부드럽고 감미로운지 날카로운 면도날이 곡예를 하듯 피부를 자극할 때마다 이루 말할 수 없는 상쾌함과 나른함을 동시에 느꼈다. 그러나 나의 그러한 감정은 면도날이 턱밑 목울대에 닿았을 때 산산이 으깨졌다. 나는 비명을 지름과 동시에 면도사 아가씨를 밀치고 자리에서 튕겨 일어났다. 더 놀란 사람은 면도사 아가씨였다. 면도기가 저만큼 나가떨어졌고, 반사적으로 자리에서 튕겨 일어난 나는 가운을 집어던지고 이발소 문을 박차고 나왔다.

"저런, 큰일 날 뻔했잖아."

나는 이발사의 영문을 몰라 하는, 낭패스러운 목소리를 귓결로 스쳐 들으며 집으로 줄달음쳤다. 눈물을 뚝뚝 떨구던 소의 눈망울이 눈앞을 줄곧 가로막았다. 면도사 아가씨의 손길을 따라 면도날이 나의 목울대에 이르렀을 때, 기이하게도 소의 눈망울이 덮쳐눌렀다. 눈물을 뚝뚝 흘리던 소의 눈망울. 나는 외마디 소리를 지를 수밖에 없었다. 더욱 나를 놀라게 한 것은 지금까지 소의 눈망울을 까마득히 잊고 있었기에 불현듯 덮쳐누지른 환영이 나를 놀라게 하였던 것이다.

줄달음쳐 집으로 돌아온 나는 이불을 둘러썼다. 잔설처럼 매달린 비누거품과 감지 않은 머리카락이 이마에 엉켜 붙어 있는 모습을 발견한 어머니의 꾸중 섞인 추궁에도 말문을 닫고서 이불 속에 몸을 감추었다.

어머니의 손을 잡고 시골 외갓집을 간 것은 초등학교에 들어갈 무렵이었다. 그때가 외할아버지 환갑잔치여서 외갓집 나들이가 여느 때와는 달랐다. 나는 철모르게 즐거웠고, 막내딸로 자란 어머니는 귀여움을 받으며 자란 만큼 외할아버지의 건재를 자랑스러워하였다. 그때까지 대기업의 명예 이사라는 직함에 걸맞게 외할아버지는 건강하였고, 호방한 기질이었다. 자연 환갑잔치가 성대할 수밖에 없었다. 아버지는 회사 일로 환갑잔치 당일 오기로 하였고, 어머니와 나는 전날 일찍 외갓집을 간 것이다. 외할아버지는 예의 그 호방한 얼굴로 어머니와 나를 얼싸안듯 반겼는데, 벌써 얼굴에 불그레 취기가 돌았다.

어머니는 친정집에 들어서자마자 부엌일을 도왔고, 나는 배꽃 사이를 뛰어다니며 친척 아이들과 놀았다. 흐드러진 배꽃은 동심 어린 마음을 화사하게 비끌어 맸고, 숨바꼭질하듯 넘나드는 노랑나비는 동화 속의 요정만 같았다. 나는 짓궂게 노랑나비를 쫓았다. 마치 술래를 하듯 배꽃 사이를 쫓아다녔다. 노랑나비는 잡힐 듯하면서도 사뿐히 나의 시야에서 벗어나 저만큼 날갯짓하며 나를 조롱하였다. 꽃과 꽃을 넘나드는 유희. 손을 뻗으면 가벼운 몸짓으로 배꽃 너머로 달아났다. 나는 마침내 지쳤다. 노랑나비도 술래놀이에 싫증을 낸 듯 나의 시야 밖으로 사라졌다. 나는 배밭 옆 공지에 털썩 주저앉았다. 새쑥이 푹신 방석받이가 되어 주었다. 나는 새쑥을 한 움큼 쥐어 뜯으려다 말고 땀 배인 모자를 벗었다. 소의 콧김소리가 바로 머리 위에서 들렸던 것이다. 소는 나의 출현에 놀라 되새김질하던 동작을 멈추고 자리에서 일어나 머리를 좌우로 흔들며 콧김을 내뿜었다.

나는 소의 그런 모습을 그렇게 가까이에서 본 적이 없었다. 처음에는 겁에 질렸으나 온순하다는 정감이 들면서 소의 목덜미와 엉덩이를 쓸어주고 싶었다. 그러나 감히 접근하지는 못하였다. 홱 돌아서서 뿔이라도 휘두를라치면 도리 없이 거꾸로 처박힐 것이었다. 나는 가만히 바라보았다. 왠지 모르게 바라보는 것만으로도 친근감이 들었다. 소도 내가 불량스럽게 보이지 않았는지 다시금 육중한 배를 땅에 깔고서 되새김질을 하였다. 지그시 눈을 감고 입을 놀리는 그 모습이 그렇게도 태평할 수가 없었다. 나는 그 모습을 바라보며 시간을 잊었다. 그 사이 해가 기웃하였다. 그때까지 소는 태평스레 되새김질을 하였다.

발자국 소리가 났다. 장정 너댓이 말뚝과 쇠메, 물통, 야외용 자리를 들고 나타났다. 그들은 소가 배를 깔고 있는 바로 옆에 네 개의 말뚝을 박고, 그 곁에다 야외용 자리를 펼쳤다. 그 사이 다른 한패는 바로 위쪽에다 큰 가마솥을 걸고 불을 지폈으며, 바로 그 곁에서 우락부락하게 생긴 사내가 숫돌에 칼을 갈았다. 가마솥의 물이 어느 정도 끓자 야외용 자리에 앉아 소주잔을 주고받으며 잡담을 나누던 장정들이 소를 잡아 일으켜 네 개의 말뚝에다 다리를 붙들어 맸다. 소는 묶이지 않으려고 묽은똥을 싸제끼며 뒷발로 벗장질을 하였으나, 코뚜레를 잡아끌고 엉덩이를 내치는 장정들의 힘을 당해내지 못하였다. 동물의 왕국에서 들소를 공격, 앞뒤에서 물어뜯는 사자의 무리들을 연상시켰다. 어쩌자고 저러는 걸까? 나는 영문을 몰라 하며 잔뜩 겁에 질려 울부짖는 소가 그지없이 불쌍하였다.

"애들은 저리 가라. 올 곳이 못 된다."

장정들 가운데 나이 지긋한 사람이 나를 일으켜 세웠다. 소를 왜 그래요? 소를 놔줘요. 나의 목소리는 목에 걸려 입 속의 메아리로 울렸다. 그와 함께 호기심이 발 뿌리에 채였다. 저만큼 가다가 되돌아와 장정들의 눈에 띄지 않게 배나무 뒤에 몸을 숨기고 그들을 지켜보았다.

한 사람이 소의 코뚜레를 잡고 손에 들고 있던 쇠메로 소의 뿔과 뿔 사이를 가볍게 내리쳤다. 음메, 소는 목을 뒤틀며 목쉰 소리로 울부짖었다. 한 차례의 타격으로 정신이 혼미한 실신상태였다. 그러자 기다렸다는 듯, 우락부락한 사내가 재빨리 소의 목울대를 거머잡더니 예리한 칼로 사정없이 소의 목을 땄다. 그 순간 소가 처절한 비명과 함께 천장 높이로 뛰어오를 듯하였다. 그러나 단단히 네 발이 말뚝에 묶여진 터라 몸만 부르르 떨었다. 그와 동시에 미리 목덜미 아래 받쳐 놓았던 물통에 피가 솟구쳐 떨어졌다.

나는 처절한 그 광경에 전율하였다. 나도 모르게 찔끔 바짓가랑이를 적셨다. 어떻게 저럴 수 있을까! 너무나 잔인하고 끔찍하였다. 소가 경련을 일으킬 때마다 피는 목줄기에서 솟구쳐 흘러나왔다. 아, 나는 그 순간 보았다. 소의 눈물을! 커다란 눈망울에 고인 눈물은 나의 시야를 가득 적셨다. 그들의 광기는 거기에서 끝나지 않았다. 김이 모락이는 피를 한 사발씩 나누어 마신 장정들은 광기 어린 동작으로 소의 가죽을 벗기기 시작하였다. 아직도 경련을 일으키며 살아 있는데 가죽을 벗기다니. 그것도 북을 치듯 주먹으로 쾅쾅 내리치며 신명스럽게 벗기는 데서 나는 그만 배나무 둥치를 부여안은 채 정신을 잃었다.

"이 녀석이 못 볼 것을 보았어."

나는 혼미한 정신 속에서 외할아버지의 목소리를 들었다. 뒤늦게 소 잡는 곳에 나왔다가 나를 발견하고서 집으로 안고 가는 길이었다. 나는 외할아버지의 품에 안겨 가면서도 도무지 숨을 제대로 내쉴 수가 없었다. 말로 표현할 수 없는 슬픔에서 놓여나지 못하였다. 눈을 뜨면 눈물 가득한 소의 눈망울이 나를 덮쳐누르지 싶었다.

"얘야, 따뜻한 국물 좀 마시거라."

외할아버지로부터 나를 받아 안은 외할머니는 나를 진정시키며 방금 잡은 소의 피가 응고된 선지국을 입술에 댔다. 그 순간 소의 눈물이 내 머리 위에 쏟아져 내렸다. 도리 없이 외할머니 치마폭에 울컥 토사물을 토했다. 그리고 신열이 오른 열병환자처럼 앓았다.

"허허, 그 녀석. 저렇게 비위가 약해서야……."

외할아버지는 당신의 환갑잔치에 왔다가 열병환자처럼 앓아 누운 외손자를 바라보며 혀를 찼다. 어머니의 마음고생은 말이 아니었다. 나로 하여 친정아버지의 환갑잔치를 깡그리 망쳤기 때문이었다.

나는 그 뒤로 외할아버지가 돌아가신 그날까지 외갓집을 가지 않았다. 외갓집만 떠올리면 눈물 가득한 소의 눈망울이 눈앞을 덮쳤다. 그리고 어린 소견이었지만 어째서 사람들은 자신들의 잔칫날 무고한 생명을 희생시켜 제물로 삼는가. 불쾌한 의문점을 떨쳐버리지 못하였다. 그날의 충격은 거기에서 그치지 않았다. 소고기를 비롯하여 일체의 육류는 입에 대지 않았다. 소고기 냄새만 맡아도 뱃속이 뒤틀리면서 눈앞에 눈물 고인 소의 눈망울이 다가와 번번이 뒤로 나가 앉았다.

어머니는 그런 나를 생각해서 집에서는 되도록 육류를 삼갔다. 아버지도 별반 불만이 없었다. 회식자리나 잔치집에서 적당히 육류를 맛보고는 하였다. 어머니의 배려 때문에 나는 외할아버지의 환갑잔치 때 받았던 충격을 세월과 더불어 잊을 수 있었다. 어린 날의 동심은 매일매일 새롭게 다가오는 학교생활에 금방 망각의 늪을 넓혀갔다.

그런데 뜻밖에도 이발소 면도사 아가씨가 목울대에 들이댄 면도날에서 악몽과도 같았던 기억이 충격적으로 되살아난 것이다. 나는 다시는 이발소에 가지 않았다. 어머니의 단골인 미용실에서 머리를 다듬고는 하였다. 어머니의 단골 미용사는 대학에 다니는 두 아들의 어머니로서 비교적 나의 마음을 잘 헤아려 주었다. 때로는 이발요금을 받지 않고 용돈으로 내주었는데, 가뭇한 나의 코밑수염을 볼 때마다 에게, 요놈 봐라. 간지럼을 태우듯 장난스레 말하고서 성묘날 벌초를 하듯 코밑수염을 가위질해 주었다. 그렇다고 미용사 아줌마에게 전적으로 코밑수염을 맡길 수는 없었다. 이발하는 횟수와 코밑수염이 자라나는 속도가 나이를 먹을수록 달랐던 것이다. 나의 그러한 고민을 알아차린 어머니는 전기면도기를 사 주었다.

"자, 이제 눈을 감아라. 마음을 편안하게 먹고 엄마의 체온을 느끼거라."

어머니는 시간을 벌기 위한 나의 의도와는 달리 어머니만이 지니고 있는 인자함과 단호함을 내비치며 더 이상 미적거릴 수 없다는 듯 나의 마음을 다독였다. 나는 도리 없이 눈을 감았다.

"……따끔해요!"

"사내자식이 무슨 엄살이야?"

어머니는 가볍게 엉덩이를 때리듯 나무라며 긴장감을 늦추지 않았다. 나는 어머니에게 모든 걸 맡기기로 하였다. 감긴 눈 속에 수면이라는 불청객이 찾아들었다. 이발소에서 느꼈던 섬찍지근한 공포감이 들지 않은 것은 어째서일까? 어머니에 대한 믿음. 어머니에 대한 신뢰와 믿음이 없었다면 감히 내 얼굴을 맡기지 않았을 것이다.

이발소에서 가졌던 충격적인 기억의 연상작용. 다시 말해서 면도날이 내 목줄기에 와 닿았을 때, 소의 목을 따던 공포와 두려움이 소름살로 밀려들었던 것은 면도사 아가씨에 대한 믿음과 신뢰가 없어서였을 것이다. 그 같은 연상작용은 나의 뇌리에 깊이 박혔으니, 분명 프리즘 콤플렉스가 아닐 수 없을 터였다.

"얘가 처음에는 엄살을 부리더니 잠이 들었나 봐."

어머니는 무릎이 저리는지 한번 몸을 움직이며 혼잣소리를 하였다. 나는 잠결에 못들은 체하였다. 좀 더 어린 시절로 돌아가고 싶어서였다. 그리고 살풋 꿈속에 잠겼다.

"다 됐다. 눈을 떠보렴."

얼마의 시간이 흘렀을까, 어머니의 목소리가 나를 흔들어 깨웠다. 나는 반쯤 눈을 떴다. 어머니의 이마에 송알송알 땀이 맺혀 있었다. 기진한 모습인데도 눈빛은 그지없이 만족스러워하였다. 나는 그 같은 어머니의 모습에서 한없는 믿음과 자식에 대한 사랑의 깊이를 알았다.

"……꿈을 꾸었어요."

나는 선하품을 하였다.

"좋은 꿈이었니?"

"얼굴의 점이 하늘나라로 올라가 별이 되는 꿈이었어요."

동면에서 깨어나듯 눈 밑에 도사리고 있던 점이 홀씨처럼 불려 나와 눈앞에서 배회하더니 홀연히 바람을 타고 하늘 높이 은하수 저쪽에 날아올라 반짝반짝 빛나는 별이 되었다.

"거울을 보련?"

어머니는 무릎 곁에 있는 손거울을 집어 들어 나의 얼굴을 비추어 주었다. 모래밭의 조약돌처럼 박혀 있던 점은 간 곳 없고 그 자리에 밴드가 발라져 있었다.

"어떻게 하신 거예요?"

"아들을 위한 엄마만의 비법이 있지. 한동안 바깥출입을 삼가야 한다. 햇볕을 쐬면 안 되거든."

나는 세수도 못하고 어머니의 엄명대로 한동안 방 안에 갇혀 지냈다. 정말 답답하였다. 그 사이 파묘를 당한 듯한 점은 딱지가 내려앉고, 딱지가 시든 꽃잎처럼 떨어져 나갔다. 상처자국이 날까 걱정하였는데, 신기하게 흔적도 없이 말끔

하였다.

"얼굴이 환해 보인다."

어머니는 퍽 만족해하였다. 나는 어머니의 그 마음을 고마워하면서도 마음 한편으로는 점이 있을 때나 없을 때나 나의 모습은 여전히 그대로라는 것을 부정할 수 없었다. 다만, 정성스러운 손길로 점을 뺐을 때, 안심하고 내 얼굴을 맡길 수 있었던 것은 어머니에 대한 믿음과 사랑 덕분이었음을 다시 한번 바다 깊이로 확인하였다.

겨울 문신

우리의 친구 신동은 맞선을 무려 서른 번도 넘게 보았다. 주위에서는 쓰잘데없이 눈이 높아서, 용기가 없어서, 딱 부러지게 여자를 휘어잡을 수 있는 언변과 매력과 비전이 없어서, 강남을 밑자리 삼은 알싸한 학벌과 가문의 빛나는 배경이 없어서, 매번 퇴짜 아니겠느냐고 입방아를 찧었다. 하지만 사나이다운 기상과 학벌은 그렇게 탓할 성질이 아니었다.

나 또한 가장 친한 친구이면서도 그들의 입방아를 전적으로 내치지 않는 부류 가운데 한 사람이었다. 그러면서도 신동의 행동과 사고를 생각할 때, 주위 사람들이 매김 하는 그 잣대보다는 훨씬 말 못할 그 무엇인가가 있지 싶었다. 맞선 그 자체만 하더라도 주위의 강요에 못 이겨 마지못해 끌려 나오는 요식 행위가 다분하였다. 으레 친구들과 어울리게 되면 때와 장소에 따라 농담 반 진담 반 신동의 민감한 부분을 건드리며 번번이 맞선 자체를 내치는 까닭을 안주 삼았다. 그럴 때마다 신동은 쓰거운 표정을 지으며 어물쩡 받아넘겼다. 다른 일에 대해서는 자신의 고민과 현재 위치를 털어놓으며 조언을 서슴지 않는데 맞선에 대해서는 검은색 커튼을 드리웠다.

친한 만큼 맞선 보는 데도 몇 번 들러리로 동석하였다. 신동의 진지한 간청으로 썩 내키지 않는 자리에도 따라나섰는데, 내가 판단하고 매슬러 보아도 이 아가씨는 괜찮구나, 저 아가씨는 무언가 행운을 안겨 주겠구나, 내심 부러움을 물큰 씹어 삼키는 신부감인데도 신동은 어인 일인지 한 번의 맞선으로 끝나는 것이었다.

"뭐가 부족해서 그래? 그 아가씨 정말 괜찮던데."

내 쪽에서 그 아까운 상대를 왜 놓아 보냈느냐고 지청구를 할라치면,

"글쎄, 인연이 안 닿는가 보지……."

쓸쓸하고 스산한 가을바람이 스치는 듯한 얼굴로 말끝을 흐렸다. 참으로 알다가도 모를 일이었다. 맞선을 본 어느 아가씨는 신동에게 한눈에 반하여 적극적으로 부딪쳐 왔다. 신동의 집에서도 며느리 감으로 손색이 없다고 덩달아 쌍수를 드는데도 신동은 예의 뜨뜻미지근한 태도로 일관하였다. 한

마디로 한심스러운 친구였다.

그날은 한 차례 봄비가 내린 뒷날이어서 예년보다 일찍 피어난 벚꽃이 비에 젖어 눈꽃처럼 길 위에 떨어져 있었다. 벚꽃은 꽃 자체보다 흐드러지게 피어나 눈꽃처럼 한꺼번에 바람에 떨어져 흩날리는 그 아름다움 때문에 사랑을 받는다고 하였던가? 나는 비에 젖어 떨어진 벚꽃을 밟으며 신동과 약속한 찻집을 찾아들었다. 신동은 말쑥한 정장 차림으로 기다리고 있었다.

"오늘은 어인 일이지?"

나는 신동과 마주 앉으며 아무렇게나 걸쳐 입고 나온 나의 행색을 의식하였다. 신동의 정장 차림에서 무언가 모를 긴장감을 느낀 것이다.

"오늘로써 결판을 낼까 하고……."

신동은 긴장감이 흐르는 외모와는 달리 머리 위로 구름 한 자락이 지나가듯 말하였다.

"무슨 결판?"

"맞선 말이야. 되든 안 되든 이번으로 종지부를 찍어야겠어."

"그만한 상대가 나타났어?"

나는 드디어 이 친구의 인내심이 벽에 부딪쳤구나, 눈을 빛냈다.

"아직 모르겠어. 아버지, 어머니의 인내심도 한계에 도달한 것 같고. 그냥 그런 결심이 섰어."

"이제 나이를 생각하지 않을 수 없는가 보구나."

"무력감이라 할까, 내 자신에게 짜증도 나고. 결혼이 정말 인생의 최선일까?"

신동은 여전히 자신 없어 하였다. 무엇 하나 부족함이 없는 친구가 어째서 결혼만은 회의하고 망설이는지 몰랐다. 아니, 무슨 사연이 있길래 맞선에 대해 매번 도리질하는 걸까?

"맞선 장소는 어디야?"

"멀지 않은 거리야. 이번에도 결판을 내야겠다고 마음 다졌는데 용기가 나지 않아서 어머니 대신 너를 급히 부른 거야."

나는 동행을 바라는 신동의 마음을 이해하였다.

"걸어갈까?"

"생각도 좀 하고, 그게 좋겠어."

우리는 찻집을 나왔다. 신동은 벚꽃이 흐드러져 발길에 밟히는 아슴한 거리를 가리켰다. 벚꽃이 끝나는 지점에 맞선 볼 장소가 있다는 것이었다.

"일본 사람들이 왜 벚꽃을 좋아하는지 알 만해."

"나는 숨은 듯 은근하게 피어나는 꽃이 더 좋더라. 벚꽃은 순간적으로 화사하고 반짝 요란해. 길바닥에 널부러진 꽃잎은 추레해 보이고……."

나는 신동의 말에 조금은 공감하며 숨은 듯 은근하게 피어나는 꽃은 어떤 꽃일까? 잠시 화두처럼 붙들었다. 계절 따라 산과 들에 피어나는 꽃들을 잊어버린 지 오랜지라 얼른 지펴 나오지 않았다. 정말이지, 도시라는 울안에 갇혀 지내며 숨 가쁘게 사노라니 우리네 할머니들의 기억 속에 문신처럼 새겨진 꽃들을 기억할 수도, 구경할 수도 없었다. 어쩌다 산에 오르거나 시외에 나가 어린 날 보아왔던 꽃들을 발견하게 되면 반가움이 일면서도 꽃말을 입에 담을 수 없었다. 더구나 외국에서 들어온 변종들이 꽃꽂이로, 화환용으로 눈을 부시게 하여 도대체가 은근한 꽃을 떠들릴 수가 없었다.

"맞선을 본답시고 많은 여자들을 봤으니까 말인데, 마음을 사로잡는 은근한 꽃 같은 상대는 없었어?"

"왜 없었겠어."

"그럼, 어째서 사로잡지 못한 거야?"

"그렇게 물으면 오늘도 용기가 나지 않는데……."

신동은 쓰거움을 입가에 지펴 물었다. 알 수 없는 녀석이었다. 가슴속에 똬리처럼 무엇을 지니고 있기에 평소 녀석답지 않게 여자에게 두려움을 갖는 걸까? 친구들과는 그지없이 활달하고, 장소에 따라서는 저돌적인 행동을 내보이지 않는가. 그때였다. 신동이 갑자기 전신주 뒤에 매미처럼 숨는 것이었다. 정장을 한 녀석이 어린아이들 숨바꼭질하듯 웅크리고 숨는 모습은 가관이었다. 어처구니없다고나 할까, 저절로 웃음이 비어져 나왔다.

"어디 아픈 거야?"

나는 웃음을 매달고서 신동을 일으켜 세우려고 하였다.

"아냐, 아니야……."

신동은 전신주를 끌어안은 채 머리를 가슴께에 파묻었다.

"옷 구겨지잖아. 몸이 아프면 약국에라도 가봐야지."

나는 전신주에 달라붙어 머리를 처박고 있는 녀석이 걱정되었다. 너무 긴장한 나머지 가슴에 통증이라도 온 걸까. 아니면 위경련……? 별별 생각이 뒤엉켰다. 지척지간에서 맞선을 보아야 할 녀석이 갑작스레 몸을 가눌 수 없을 만큼 이상 징후를 내보인다면 별 볼일 없이 판이 깨지지 않겠는가. 그러나 신동은 나의 염려 따위는 아랑곳하지 않고 계속 전신주만을 붙들고 있었다. 시간은 마냥 흐르고, 정말 답답하기만 하였다. 안 되겠다 싶어 구급차를 부르거나 녀석의 집에 전화라도 할까, 하고 녀석의 양복 주머니에서 휴대폰을 꺼내려는데 녀석이 머리를 처박은 채 기어들어 가는 목소리로 물었다.

"……갔어?"

"가다니, 누가?"

녀석의 물음 또한 생뚱맞기만 하였다.

"방금 눈앞에 보이던 할머니 말이야."

신동은 여전히 머리를 처박은 채였다.

"할머니?"

"그래……."

"못 봤는데, 아는 분이었어?"

나는 솔직히 눈앞에 할머니가 있었는지, 은근한 꽃에 대해 생각을 굴리던 터라 지나치는 사람들을 관심 깊게 바라보지 않았다. 눈앞에 다가오는 할머니를 보고 매미처럼 전신주에 매달리듯 숨는 정도라면 술 외상값, 아니면 할머니의 손녀딸과의 맞선을 일방적으로 내처 버렸거나, 피치 못할 사연이 있지 싶었다.

"갔느냔 말이야?"

"내 눈에는 할머니 같은 분은 보이지 않았는데. 유령이라도 본 건가?"

"그럴 리 없어."

"혹시 환영을 본 게 아니야?"

나는 신동의 어린아이 같은 말과 행동을 점점 의아해하였다.

"어디 조용한 곳에 데려다 줘. 잠깐 쉬고 싶어."

"맞선은 어쩌고?"

"상관없어. 맞선 볼 용기도 사라져 버렸고……."

"점점 알 수 없는 친구로군."

나는 하는 수 없이 바로 곁에 있는 이 층 커피숍으로 신동을 이끌었다. 그 사이 신동은 얼굴이 핼쓱하게 탈색되어 있었다. 이마에는 송글 땀방울도 맺히고, 귀신에 홀리지 않고서야…….

신동은 커피숍에 들어가서도 의자 깊숙이 몸을 파묻은 채 말이 없었다. 두 눈을 내리 감은 그 모습은 처량하기까지 하였다. 대신 커피를 주문한 나는 말없이 녀석을 지켜볼 수밖에 없었다. 신동은 주문한 커피가 왔는데도 여전히 눈을 내리 감은 채 넋을 놓고 있었다. 시간은 지체 없이 흐르고, 나는 마음이 바빠졌다. 어떻게든 신동을 일으켜 세워 지금이라도 맞선 장소로 가야만 하였다. 어떻게 녀석을 일으켜 세운다? 이미 물 건너 가버린 맞선쯤으로 체념해 버린 탈진한 모습이지만 친구로서 가능한 녀석의 미래를 여미어 주고 싶었다.

"차 식기 전에 들어."

나는 녀석의 의식을 일깨웠다. 신동은 한숨을 내쉬며 커피를 들었다.

"미안하다."

신동은 커피를 한 모금 마시고 나서 겸연쩍어하였다.

"왜 그러는 거야?"

"아무래도 결혼에 자신이 없어."

신동은 자조 섞인 웃음을 입가에 베어 물었다.

"갑자기 할머니는 뭐야?"

"분명…… 아, 괴롭구나."

신동은 머리를 감싸 쥐었다. 그 모습 한켠에 악몽의 그림자가 어른거렸다. 나는 이번 기회에 녀석의 해괴한 행동 속에 깃들어 있는 비밀스러움을 알아내고 싶었다. 번번이 스므러지거나 좌초되어버린 맞선. 거기에는 분명 말 못할 그림자가 드리워져 있었다. 그 그림자를 신동은 할머니라고 하였다.

"맞선은 어쩔 거야?"

나는 벽면의 시계를 흘깃 훔쳐보았다.

"이 꼴로? 어디 가서 술이라도 한잔했으면 해."

나는 말없이 신동을 일으켜 세웠다. 그리고 바로 이웃하고 있는 생맥주 집을 들어섰다. 대낮부터 술잔을 안겨주며 녀석의 마음을 풀어 내렸다. 신동은 술잔을 마주하였는데도 시원스레 말문을 열지 않았다. 하지만 나는 인내심 깊게 녀석의 가슴속에 쌓여 있는 갯벌을 휘저었다. 드디어 취기 어린 목소리로 떠듬하게 자신의 비밀을 털어놓았다.

"그때, 나는 진부령에서 길을 잃고 말았어."

신동은 말머리를 그렇게 끄집어냈다. 그해 겨울은 유난히 길고 추웠다. 하늘을 하얗게 수놓으며 내리 퍼붓는 함박눈은 하루 이틀 말이지, 밤이고 낮이고 눈 속에 파묻혀 지내노라니 자신의 존재가 눈보라 속에 얼어붙은 황태를 연상시켰다. 어디를 둘러보아도 서릿발같이 차가운 눈밭은 남쪽 따뜻한 고향을 그리는 상념까지 얼어붙게 하였다. 일기예보를 무시하고 집을 나선 것이 후회스러웠다. 부모님이 원하는 대학에 들어가기 위해 삼수를 감내하면서 세 번 도전하였으나 실패하였다. 세상이 회색빛이었다. 주위 사람들 보기에도 낯이 부끄러웠다. 자괴감, 울큰한 마음으로 배낭을 짊어지고 무작정 집을 나선 것이다.

그런데 북쪽 산하의 겨울날씨는 신동을 곤혹스럽게 하였다. 진부령에 이르렀을 때 눈보라는 폭설로 변하여 오도 가도 못하게 하였다. 꼼짝없이 숙소에 발이 묶여 갇혀 지내는 신세가 되었다. 고립무원. 어디를 둘러보아도 동화 속의 눈 나라였다. 이런 별천지라니! 하루 이틀은 신선함을 만끽하며 그런대로 낭만을 씹어 삼켰다. 닷새가 지나자 흰 성곽에 갇힌 신세로 전락되면서 통증 비슷한 무기력 상태에 이르렀다. 눈보라가 사납게 창문을 휘때릴 때마다 이명 현상이 오면서 갈증이 일었다. 영원히 탈출구가 없을 듯싶었다. 일주일이 지나자 신동은 스스로 탈출구를 찾아야겠다고 불끈 용기를 냈다.

"아직 차량의 소통이 불가능할 텐데요."

숙박집 주인은 신동의 행동을 나무라듯 걱정스러운 얼굴을 하였다.

"가다 길이 막히면 다시 돌아오겠습니다."

신동은 가벼운 마음으로 인사를 드리고 숙박집을 나섰다. 살을 에는 눈보라가 휘때리는 속에서 처음 얼마 동안은 눈발을 헤는 낭만과 여유로움을 누렸다. 세상이 온통 새하얗게 변해버린 광활한 세계는 시공을 뛰어넘는 무한한 상념을 불러왔다. 흰색의 단순한 색채는 모든 사물을 투명하게 반사시켜 검은색과는 달리 빛의 날개로 영혼의 실체를 투사하였다. 받아들일 수 없는 거부의 몸짓으로 모든 사물을 차갑게 감싸 안았다. 그래서 눈이 부신 걸까?

무한한 상념 속에서 길을 걷다 보니 눈발도 어느 정도 그치고, 간간이 구름 사이로 기울어진 오후의 햇살이 내리비쳐 눈을 부시게 하였다. 발걸음이 한껏 느슨하였다. 눈 뭉치를 만들어 제기차기도 하고, 어영차어영차, 눈사람도 굴렸다. 눈사람은 굴릴수록 부풀어 올라 등허리에 송글 땀이 배어났다. 그렇게 눈사람을 굴리며 앞으로 나아가는데, 바로 눈앞에 태깔도 고운 여자가 눈 속을 파헤치며 무언가를 찾고 있었다.

히야! 신동은 저절로 감탄사가 나왔다. 여자를 본 지 얼마 만인가! 한참 넋을 잃고 바라보던 신동은 주위를 살폈다. 바로 둔덕 너머 산 밑에 눈 더미를 덮어쓴 초가가 대여섯 채 있었다. 금방이라도 눈의 무게에 짓눌려 내려앉을 것 같았다. 신동은 여자 가까이 다가갔다. 여자는 인기척을 모른 채 언 땅을 호미로 파 뒤집었다. 무엇을 숨겨 놨길래 저리 열심히 찾는 걸까? 신동은 처음에는 그게 궁금하였다. 호기심 어린 눈으로 한 걸음 한 걸음 다가가는 동안 궁금증과 호기심은 어느 사이에 욕망으로 변해갔다. 여인의 나신이 황홀하게 눈앞에 떠오르고, 불끈 치솟는 욕망이 아랫도리를 맹렬하게 팽창시켰다. 그 순간, 신동은 이성을 잃었다. 사나운 짐승처럼 여인을 덮쳤다.

"에그머니나!"

언 땅을 파느라 정신이 없던 여인은 갑작스러운 봉변에

까무라치듯 놀랐다. 신동은 여인의 외마디 소리에 더욱 흥분하였다. 여인을 눈밭에 쓰러뜨렸다.

"이봐, 젊은이. 나 좀 봐. 정신을 차리고 나 좀 보라구."

신동의 밑에 깔린 여인은 다 죽어 가는 소리로 바둥거렸다. 그 순간, 신동의 눈에 여인의 얼굴이 들어왔다. 수건을 깊숙이 눌러쓴 뒷모습일 때는 더없이 아름다운 여인이었는데, 백발 할머니가 아닌가!

"난, 젊은이를 상대할 만한 나이가 아니야. 할망구라구. 제발 정신 차려."

탈진한 듯 밑에 깔린 할머니는 가릉한 소리로 애원하였다. 한순간, 신동은 낭패감을 맛보았다. 신동은 벌떡 일어나 행여 들킬세라 바지춤을 치켜올리며 무작정 뛰었다. 금방이라도 할머니가 뒷덜미를 낚아챌 것 같았다.

신동의 병통은 거기서부터 시작되었다. 누구에게도 털어놓지 못하는 죄책감을 가슴에 안은 채 부모가 바라는 대학은 아니지만 나름대로 소신껏 대학에 들어가고, 졸업과 동시에 그만그만한 직장에 취직이 되고, 친구의 소개로 여자 친구를 사귀었다. 여자 친구는 어느 한구석 나무랄 데가 없었다. 인생의 반려자로서 너무나 사랑스러운 여자였다. 신동은 그녀에게 마음을 다 쏟아 부었다. 결혼까지 약속한 신동은 장차 장인 장모가 될 그녀의 부모님에게 인사를 올리기 위해 그녀의 집에 초대되었다. 그녀의 집은 아직도 가부장제의 분위기가 집안 곳곳에 드리워져 있었다. 역시나 가정교육을 잘 받았구나, 평소 다소곳한 그녀에 대한 신뢰감을 엿볼 수 있었다. 부모 또한 신동을 마음에 들어 하며 사윗감으로 흡족해하였다.

"어머님, 손녀딸 예비 신랑감을 한번 보세요."

수인사가 끝났다고 안도의 숨을 내쉬는데, 그녀의 아버지가 안방으로 들어가더니 백발의 할머니를 모시고 나왔다. 그 순간, 신동은 사지가 뻣뻣하게 마비되었다.

"어쩌면 이렇게 늠름하고 희멀끔하게 생긴 게냐."

그녀의 할머니는 신동의 부자유스러운 큰절을 받으며 흐뭇한 표정을 지었다. 그런데 문제는 신동이었다. 이마가 땅에 닿도록 큰절을 올린 것까지는 좋았는데, 그대로 붙박혀 버린 것이다. 그녀의 부모는 점수 좀 따자고 그러는가 보다고 웃음을 말아 올렸으나, 그게 아니었다. 신동은 일어날 줄 몰랐다. 어이 된 거야? 그녀가 놀라고, 부모님이 의아해하고, 큰절을 받은 할머니의 얼굴에 웃음기가 가셨다.

"얘야, 암만해도 이상한 것 같다. 일으켜 보거라."

할머니의 재촉에 그녀가 황망한 마음으로 신동을 일으켜 세웠다. 신동은 온통 식은땀에 젖어 있었다.

"아무래도 무엇에 체한 듯싶다. 네 방에 모시고 가서 안정을 취하도록 해라."

그녀의 아버지가 무겁게 입을 열었다. 좋았던 기분이 싹 가라앉아버린 씁쓸한 얼굴이었다.

"아닙니다. 바깥 공기를 좀 쏘여야겠습니다."

신동은 달아나듯 그녀의 집을 나섰다. 그녀의 어머니는 그런 신동의 뒷모습을 바라보며 근심 어린 표정을 지었다. 거리로 나온 신동은 눈앞에 보이는 술집을 찾아들었다. 무엇보다 갈증을 풀고 싶었다.

"갑자기 무슨 일이세요? 정말 체한 거예요?"

뒤따라 쫓아온 그녀가 따지듯 근심스럽게 물었다. 절체절명한 순간에 이 무슨 망신살인가.

"왜 할머니가 계신다고 말하지 않았지?"

신동은 오히려 원망 어린 투로 말하였다.

"저의 할머니께서 못 하실 말씀이라도 하셨어요?"

그녀는 성깔지게 되쏘았다.

"그건 아니지만……."

신동은 속으로 뜨끔해하며 술잔을 털어 넣었다. 할머니

의 존재로 모든 상황이 뒤죽박죽이 될 줄은 신동 자신도 예상하지 못하였다. 정신이 혼란스럽기만 하였다.

"제일로 건강을 손꼽는데, 부모님께서 어떻게 해석하시겠어요."

"할머니가 계시는 한……."

"뭐라구요? 그럼, 할머니께서 돌아가실 때까지 기다리자는 거예요, 뭐예요? 그런 해괴한 논리가 어디 있어요?"

"아, 이거 어떻게 말해야 한다……?"

신동은 머리칼을 쥐어뜯었다.

"말 못할 사정이 있다면 저에게라도 말하세요. 대체 그 원인이 뭐예요?"

"나중에 말해 줄게."

신동은 가까스로 몸을 추스르며 자리에서 일어났다. 그것으로 그녀와는 끝이었다. 시속말로 첫 단추를 잘못 끼우면 옷이 뒤틀린다고, 첫 만남부터 할머니의 환영이 되살아나면서 먹장구름으로 자신을 누지를 줄이야. 그 뒤로 매번 맞선을 보고, 데이트를 할 때마다 할머니의 모습이 따라붙어 가슴을 쓰디쓰게 비질하였다. 오기를 부릴수록, 할머니에 대한 환영을 악물고 뙈기장을 칠수록, 더욱더 선명하게 눈앞에 다가서는 것이었다.

"할머니에게 사죄하는 길밖에 없겠어."

"늦었지만 나의 과실에 대한 대가를 치러야만 죄책감에서 벗어날 수 있을 것 같아. 그게 아무리 힘겹고 무거운 중량으로 다가올지라도. 네 말대로 지금이라도 할머니에게 용서를 빌고 싶어. 너에게 내 마음을 털어놓고 나니까 조금은 가슴에 맺힌 죄의식이 풀려나면서 용기가 나."

신동은 상기된 얼굴로 차량의 소음으로 가득찬 거리를 바라보았다.

"맞선을 보고 나서 그 길로 나와 함께 할머니를 찾아가자. 치유할 수 있는 방법은 앞으로 나아가는 길밖에 없어. 구름장을 헤치듯 말이야."

나는 맞선 볼 여자에게 전화를 건 다음 신동을 일으켜 세웠다. 약속 시간은 이미 지나쳤지만 그녀는 아직 약속장소에 있었다. 신동은 결연한 표정으로 자리에서 일어났다.

이발사

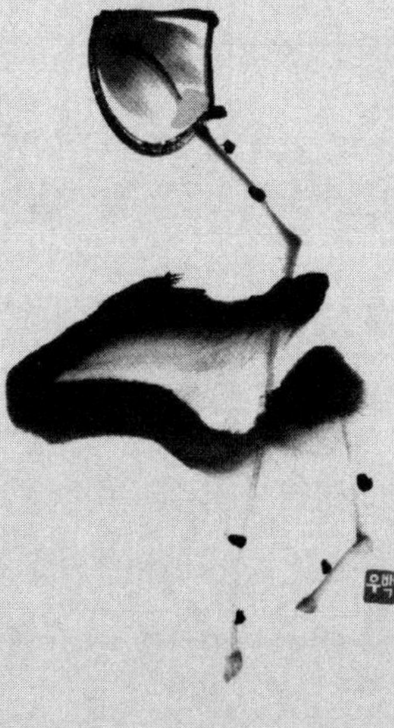

이발소는 문이 열려 있었다. 낡고 협소한 공간은 한낮의 적요가 희붐한 새벽 공기처럼 떠돌고 있었다. 그 위에 특이한 분위기를 안겨 준 것은 거울 위에 걸린 액자였다. 똬리를 튼 치렁한 머리카락이 액자 속에 들어 있었다. 문서전은 낡고 허름한 거울 앞 의자에 앉았다. 거울 속의 자신이 낯설어 보였다. 병원에서 퇴원한 무력감 때문이리라. 반백의 덥수룩한 머리칼, 창백한 얼굴, 누가 보아도 갓 퇴원한 환자라는 것을 짐작게 하였다. 눈을 감았다. 나이가 들면 병고가 따르는가, 신산한 마음을 가다듬기 위해 퇴원과 동시에 목욕을 하고 이발소를 찾은 것이다. 이곳 아파트단지에 입주하고 나서도 이발만은 이사 오기 전의 단골 이발소를 즐겨 찾았는데, 오늘은 차 타기가 귀찮아 노인과 아이들이 주 고객이라는 지척의 이발소를 들어선 것이다.

"많이 기다리셨습니까? 점심시간이라서 잠시 자리를 비웠습니다."

뒷덜미에 떨어지는 목소리와 함께 한쪽 다리를 절뚝거리며 들어선 이발사는 문서전의 목에 수건을 두르고 가운을 둘러쳤다. 파김치 냄새가 코를 자극하였다. 점심 반찬에 파김치가 올랐는가 보았다.

"어떻게 해 드릴까요?"

이발사는 물조리개로 머리칼에 가볍게 물을 뿌렸다. 헌데, 목소리가 아슴한 이명처럼 낯설지가 않았다. 감았던 눈을 떴다. 거울 속에 흰 가운을 입은 대머리 사내가 빗과 가위를 들고 머릿결을 고르고 있었다. 어디서 들었던 목소리일까? 이발사의 모습은 그저 낯설기만 한데……. 하기야 비슷한 목소리들이 얼마나 많은가. 누군가의 목소리와 착각한 것이겠지.

"기억을 더듬듯 골라 주시오."

"향수를 불러오듯 말이지요?"

이발사는 잠시 뜸을 들이듯 난감한 표정을 지었다. 문서전은 이발사의 복잡해 하는 눈빛을 거울 속으로 들여다보며 입가에 싱거운 웃음을 베어 물었다. 불현듯 지난번 벌초가 생각났던 것이다. 이제 몸도 불편하고 시골 조상 묘소를 찾는 것도 이번이 마지막일지 모른다는 사뭇 침중한 마음으로 아들을 앞세우고 성묘를 갔었다. 한 해를 거른 탓인지 조상의 묘소는 우거진 억새풀로 그 형체마저 알아볼 수 없을 정도였다. 인생무상과 세월의 덧없음을 다시금 곱씹으며 정성껏 벌초를 하였다. 벌초를 다하고 났을 때는 묘소가 알밤처럼 제 모습을 드러냈다.

"그렇다고 민둥산이처럼 밀어붙이지는 마시오."

"산뜻하게 옛스러운 모습을 찾아 드리지요."

이발사는 덤불처럼 얼크러진 머리를 고르기 시작하였다. 문서전은 저절로 눈이 감겼다. 사그락사그락 가위질 소리에 이발사의 목소리가 아슴한 기억의 잔해로 묻어났다. 어디서 듣던 목소리일까? 그 의문부호를 화두처럼 혀끝에 깨물었다. 그러다 스르르 잠이 들었다. 그 사이 이발사는 머리를 가다듬고, 어느 순간 따뜻한 물수건으로 얼굴을 덮씌웠다. 목욕탕에서 맛보지 못한 따뜻한 감촉이 꿈결처럼 느껴졌다. 그와 동시에 문서전의 몸은 비스듬히 의자에 눕혀졌다. 면도날이 비누거품을 밀어내기 시작하였다. 턱수염이 깎여 나가는 짜릿한 전율. 더욱 잠 속의 미궁으로 빠져들었다. 목욕탕에서 너무 진을 뺐는가 보았다. 면도를 끝낸 이발사는 잠든 문서전을 그대로 놔 둔 채 담배를 피워 물었다. 담배연기가 코끝을 자극하였다. 꿈결에 느껴보는 향수처럼 허파를 울렸다. 문서전은 살며시 잠에서 깨어났다. 의사의 권유로 즐기던 담배를 끊은 지 햇수로 이 년이 넘었다. 그런데도 담배연기를 맡으면 심한 갈증 같은 유혹을 느꼈다. 그것은 분명 향수였다. 고향을 떠나 도시에서 뿌리 내리고 살지만 잃어버린 향수는 시시때때로 시큼하고 귀꿈스럽게 다가왔다. 꿈을 꾸어도 항상 어린 날 고향의 산과 들이 배경으로 펼쳐졌다.

"참 맛있게 주무시던데, 머리를 감으시죠."

문서전은 말없이 의자에서 일어나 이발사가 가리키는 세면대 앞에 머리를 늘어뜨렸다. 그러고 보니 의자와 거울, 커튼과 세면대에 이르기까지 모든 게 낡은 만큼 세월을 안고 있었다. 아무리 노인네들과 아이들을 상대로 한 이발소라지만 주인의 성격이 참으로 무던하였다.

"아까부터 어디서 익히 듣던 목소리만 같은데 기억이 나지 않습니다."

문서전은 이발사가 건네주는 수건으로 머리의 물기를 훔치며 비로소 이발사의 얼굴을 자세히 뜯어보았다.

"저도 낯설지가 않다는 생각입니다. 면도를 하면서 어디서 본 듯한데 선뜻 지펴나지 않더군요."

이발사는 문서전을 다시금 의자에 앉게 하고 나서 머리의 물기를 털고 얼굴에 스킨과 로션을 바르고 드라이기로 머리를 갈무리하고 빗질을 하였다. 한결 사람다운 풍모를 내비쳤다.

"그럼, 우리가 한번쯤 만났던 것은 확실한데 언제 적이었을까요?"

"그러게 말입니다. 초, 중, 고등학교는 아닌 것 같고……."

문서전과 이발사는 기억을 더듬어 나갔다. 고향의 소꿉친구들로부터 지금까지 살아오는 동안 많은 사람들이 바람결처럼 스쳤다. 더러는 이승을 하직한 친구들도 있었고, 이름도 기억할 수 없는 벗들이 있는가 하면, 그렇고 그런 우정을 지탱하고 있는 친구들도 부지기수였다. 그러나 이발사는 그런 부류 속에서 찾아볼 수 없었다. 어쩌면 어느 술집에서, 아니면 어느 모임자리에서 잠시 얼굴을 마주쳤는지도 몰랐다. 그런데 어째서 목소리만은 낯설지 않을까? 아무리 나이가 들어도 목소리는 변하지 않는다고 하지 않던가.

"기억나는 게 있으세요?"

"혹시 군대시절 잠시 한솥밥을 먹은 건 아닌지요?"

그럴지도 모른다는 가능성을 안고 문서전과 이발사는 군대생활을 애써 떠들렀다. 어찌 생각하면 궁상맞기까지 한 지신밟기였다.

"군대라면 나로서는 파견생활을 하던 때, 그러니까 제대

말년인가…….”

문서전은 그렇게 말하면서도 썩 자신 있게 단정 짓지 못하였다. 너무나 오랜 빛바랜 세월이어서 군번도 제대로 기억하지 못하였다.

“맞아요. 이제 기억이 났어요. 내가 잠시 파견대장으로 근무하다 베트남전쟁에 파병될 때 제대 날짜를 기다리고 있었지 않았나요?”

이발사는 한 마리 고기를 낚아 올리듯 망각의 잔해에서 기억을 건져 올렸다. 그래요, 그래. 문서전과 이발사는 새삼스레 웃음을 지으며 악수를 나누었다. 장 소위. 그렇다. 그 새파란 육군소위가 대머리로 문서전의 앞에 서 있다니. 그것도 초라한 이발사의 모습으로. 문서전은 갑자기 인생유전의 실체를 목격한 것 같아 마음이 아릿하였다.

장 소위는 정말 원리원칙을 지키는 유능한 장교였다. 문서전이 파견 나간 곳은 유흥가 주변이었는지라 술과 여자의 유혹을 떨쳐버릴 수 없었다. 파견대장으로 오는 사람마다 상납과 진상으로 그야말로 주지육림에 몸과 마음을 가누지 못하고 징계 아니면 후송, 전방으로의 전출이었다. 그래서 철저한 군인정신이 깃든 장교를 엄선하여 보내는데도 매번 불명예를 안고 떠났다. 그러나 장 소위는 달랐다. 이제 갓 임관한

화랑정신이 투철하게 배인 그 기백이 능히 흐트러진 기강을 바로잡았다. 아침마다 점호와 함께 훈련을 실시하였고 특별한 경우를 제외하고는 예외 없이 무단외출과 금주령을 내렸다. 그리고 어떠한 유혹에도 눈 한 번 까딱하지 않았고, 업주들의 뇌물 공세와 상납을 묵과하지 않았다. 우리들은 과연 저 모습을 언제까지 지켜낼 수 있을까, 자못 흥미롭게 바라보았다. 대부분 저렇게 몇 주 또는 몇 개월 설쳐대다가 봄날의 처마 끝 고드름처럼 그 기백들이 녹아내렸다. 그러나 장 소위는 좀처럼 그 기백과 자신의 임무와 사명을 무너뜨리지 않았다.

그런데 문제는 문서전과의 관계였다. 사병들은 제일 고참인 문서전을 더 따랐다. 파견생활이 흔히 그렇듯 영내보다 자유를 누릴 수 있었고, 대체로 뒷배가 든든한 녀석들였는지라 매일 아침저녁으로 군기를 다잡는 장 소위를 좋아할 리 없었다. 자연 사병들은 완충 역할을 할 수 있는 문서전을 은근히 바라보았다. 장 소위 또한 문서전이 앞장 서 모범을 보임으로써 밑에 있는 사병들도 따를 것 아니냐는 기대를 은근히 하였다.

더구나 문서전은 제대를 앞두고 복학을 해야겠기에 주말이면 특별한 날을 제외하고 사병들과 과제를 정해 놓고 토론의 광장을 주도하였다. 그 시간만은 장 소위로부터 놓여날

수 있어 모두가 진지하고 열성적이었다. 장 소위도 그 시간만은 통제를 하지 않았다. 어느 날 장 소위도 흥미를 느낀 나머지 가벼운 마음으로 참석하였다. 그날은 전쟁의 역사를 주제로 토론을 하게 되었는데, 고대의 전쟁사에서부터 군인이라면 가장 민감하게 받아들일 수밖에 없었던 베트남 전쟁에 이르렀다.

제2차 세계대전 후 프랑스에 대한 독립전쟁과 남북 베트남 간 전쟁의 두 시기로 분류되는 베트남 전쟁은, 80년 이상에 걸쳤던 프랑스령 식민지로서의 지위에서 벗어난 프랑스와의 독립전쟁보다는 현재 벌어지고 있는 남북 베트남 전쟁이 우리들을 지배하였다. 그도 그럴 것이, 국토가 남북으로 갈라진 점에서 우리와 비슷하였고, 남베트남의 공산화는 동아시아의 공산화를 가져온다는 견지에서 취해진 미국의 대공산주의 봉쇄작전의 일환으로 벌어진 베트남 전쟁에 우리의 국군이 파병되어 전쟁에 개입하고 있기 때문이었다. 토론의 말미에 강대국의 침략정책과 약소민족의 독립과제, 민족주의 개념과 민주주의와 공산주의에 의한 분단이데올로기에 이르러 장 소위와 대립각을 세우며 정면으로 충돌하였다. 승공통일을 지상목표로 삼고 있는 장 소위의 반공이데올로기가 도마위에 오른 것이다. 학문에 있어 서로가 상하 계급을 떠난 양보 없는 일전이었다. 문서전이 조금 뒤로 물러나 적당히 끝냈으면 좋았는데, 사병들이 기회는 이때다 싶어 분위기를 부추기며 장 소위의 자존심을 깔아뭉갰다.

결국 장 소위는 흥분한 얼굴로 자리를 떴고, 자기대로 무언가 모를 열패감에 젖었다. 그리고 그 열패감은 사병들을 더욱 다잡는 계기를 만들었다. 그럴수록 사병들은 속으로 냉소를 보냈고, 그러한 빌미를 제공한 장본인이 문서전이라는 점에서 마음이 무거웠다. 결국 장 소위 쪽에서 그러한 분위기를 의식한 듯 베트남 전쟁에 자원하였다.

"베트남전에 참전하기로 하였소."

떠나기 전날, 처음으로 거나하게 술이 취한 장 소위는 명령조가 아닌 존대어를 썼다. 물론 사회 나이로는 문서전이 두어 살 위였다.

"무공을 세우시려구요?"

사병 하나가 삐뚜름하게 들어 넘겼다.

"군인은 실전 경험이 있어야 하는 거야. 그래야 영원한 군인이지. 그리고 말이야. 내 눈으로 전쟁의 실체를 체험하는 가운데 너희들의 그 알량한 이론을 곱씹어봐야겠어."

장 소위는 그렇게 떠났다. 그동안 후임자가 오지 않아 제대하는 그날까지 문서전이 파견대장 몫을 하였는데, 가끔

씩은 화기애애하게 학문을 토론하고 적당히 자유를 누렸다. 문서전이 제대하기 삼 일 전쯤이던가, 뜻밖에 장 소위로부터 장문의 편지를 받았다. 베트남에서 온 편지였다. 내용은 잘 기억나지 않지만 문서전과 충돌을 빚었던 문제와 관련된 책들을 한아름 안고 이국의 전쟁터에서 탐독하면서 전쟁을 치르고 보니 문서전의 지론에 대해 공감하는 부분이 많다는 것과 귀국하여 만날 기회가 있으면 더 많은 성숙하고 진지한 토론을 나누고 싶다는 것이었다. 문서전은 그 편지를 받고 나서 정성껏 답신을 보냈다. 헌데 이 초라한 이발소의 주인이라니…….

"저는 지금쯤 퇴역장군으로 사실 거라 생각하였습니다."

"누구나 바라는 희망사항 아니겠어요."

이발사는 가뭇하게 웃음을 지었다. 그 모습 한 모서리에 지난날의 회오랄까, 가슴에 묻어둔 내밀한 자기 연민이 깃들어 있었다.

"그런데 어쩌다가……."

"초라한 이발소의 이발사가 되었느냐, 그 말인가요?"

이발사는 문서전의 말꼬리를 무지르며 가뭇한 웃음을 거두었다. 체념과 달관을 벗어난 무어랄까, 무소유에 가까운 한 점 흰 구름 같은 모습이었다.

"하긴, 전쟁터에서 살아 돌아온 것만 해도 다행이지요. 그리고 고엽제의 후유증으로 고생하는 분들도 얼마나 많습니까."

"다리에 총상을 입었지만 다행스럽게도 고엽제로 인한 육체적인 고통은 따르지 않았어요. 다만, 정신적으로 아물 수 없는 상처를 입었지만……."

"이럴 게 아니라 어디 가서 술이라도 한잔 나눕시다."

"보아하니 병색으로 그늘져 있는데 괜찮겠어요?"

이발사는 벽시계를 흘깃 쳐다보았다. 오후 네 시를 넘어서고 있었다.

"병원에서 한두 잔은 괜찮다고 하더군요. 가시죠."

"그럽시다. 시간에 얽매어 살지는 않으니까."

이발사는 가운을 벗어 걸고 아귀가 맞지 않는 문을 열쇠로 채웠다. 새삼 달동네도 아니고 아파트단지 그늘진 곳에 이런 이발소가 있다는 게 신기하였다. 하긴, 아파트단지가 들어서기 전에는 정체된 공간이었을 것이다. 지금도 그러한 얼룩진 구석이 곳곳에 묻어나지만. 문서전은 가끔씩 들르는 포장집으로 안내하였다. 과메기가 눈길을 끌었던 것이다. 이제 막 문을 연 포장집 주인은 앞서 들어서는 문서전보다 이발사를 깍듯이 반겨 맞았다.

"잘 아세요?"

"잘 아는 정도가 아니에요. 저의 시아버님 머리를 얼마나 많은 세월 깎아 주셨다구요. 사랑의 이발사라고 소문이 자자한데. 여태 그걸 몰랐어요?"

주인은 도리어 문서전을 몰아세웠다. 문서전은 도리 없이 멋쩍은 웃음을 지을 수밖에 없었다.

"괜한 과찬이요. 앉읍시다."

이발사는 서둘러 주인의 입을 막았다.

"정말 말없이 선행을 하세요. 경로당을 찾아다니면서 무료 이발봉사를 하시고 말벗도 되어주세요. 푼푼이 모은 돈으로 결식아동도 도와주시구요. 두 분은 어떤 사이세요?"

"기억에서 잊혀진 친구를 만났어요. 솜씨껏 과메기를 내오세요."

문서전은 술과 안주를 주문하고 나서 다시금 이발사를 마주 바라보았다. 사랑의 이발사라? 암만 생각해도 거기에 깊은 사연이 숨겨져 있지 싶었다.

"손님 없는 한가한 틈을 이용하여 노인 분들을 이발해 주는 걸 가지고 그럽니다. 한잔 드십시다."

이발사는 겸연쩍은 얼굴로 술잔을 들었다. 문서전은 이발사의 비쩍 마른 힘줄 도드라진 손결에서 새삼스레 세월을 물큰 깨물었다.

“언제 군복을 벗었습니까?”

“다리 부상으로 귀국 후 자연스럽게 군복을 벗을 수밖에 없었어요.”

“누구보다도 군인정신이 투철하였는데…….”

“다분히 운명적이랄 수밖에요.”

“그렇다 하더라도 사랑의 이발사로 변신하신 것은 의외입니다.”

문서전은 전쟁의 참상에 따른 회의와 다리 부상으로 인한 후유증, 그리고 자괴감 같은 것은 아닌가, 지레짐작하였다.

“전쟁에 대한 회의감과 다리 부상에 의한 후유증이 지배하였지만, 그보다 더 큰 충격과 슬픔이 기다리고 있었습니다. 베트남전에서 돌아와 보니 장래를 약속하였던 여인이…….”

이발사는 말끝을 맺지 못하고 술잔을 입안 깊숙이 털어 넣었다.

총성과 폭음이 잦아진 그날의 정글 속은 고요롭기 그지없었다. 대원들은 모처럼 찾아온 정적 속에서 마음을 뉘일 수 있었다. 장 소위는 오랜만에 나무 그늘 아래에서 약혼녀가 보낸 편지를 펼쳤다. 다른 전우들도 편지를 쓰거나 잠을 청하였다. 장 소위는 편지를 몇 번이고 곱씹어 읽고 나서 약혼녀가 보낸 편지를 품에 안고 살풋이 찾아드는 잠 속에 빠져들려는데 바로 지척에서 어린아이의 해맑은 웃음소리가 들렸다. 그 웃음소리는 너무나 맑고 신선하여 가슴을 찰랑 때렸다. 마치 고요가 가라앉은 호수에 떨어지는 돌멩이에서 이는 잔여울, 그것이었다. 장 소위는 반사적으로 몸을 일으키며 소리 난 쪽을 바라보았다. 우거진 숲이 가로막아 그 너머의 모습을 엿볼 수 없었다.

장 소위는 잠시 귀를 기울이다 총신을 앞세우고 살금살금 소리 난 쪽으로 다가갔다. 다른 전우들은 무심한 모습들이었다. 초병마저도 어린아이의 웃음소리를 멀리 여읜 듯하였다. 하지만 전쟁터가 아닌가. 아주 사소한 동정이나 행동에도 각별히 조심하지 않으면 안 되었다. 더구나 적들은 때때로 지극히 은밀한 유인작전을 쓰기 마련이었다. 간교하다고나 할까, 어떠한 것도 무기가 될 수 있었고, 유인책이 될 수 있었다. 어린아이의 천진난만한 웃음소리라고 해서 가볍게 들어 넘길 성질이 아니었다. 눈물 한 방울, 여리디여린 동정심까지도 덫일 수 있었고 미끼일 수 있었다.

장 소위는 긴장을 늦추지 않은 채 포복하다시피 숲속을

헤쳐 나갔다. 아, 이럴 수가! 함지박 크기의 계곡 물이 고요롭게 흘러넘치고 있었다. 한밤에 투입되어 이곳 지리를 미처 정찰하지 못한 탓도 있었지만, 지도상에는 표시되어 있지 않았다. 사전에 행한 지형정찰의 단순한 실수랄까, 아무튼 한 폭의 수채화처럼 다가서는 맑고 푸른 계곡물은 금방이라도 목마름을 해갈해 줄 것 같았다. 그 한쪽 바위 웅덩이 물에서 너댓 살 먹었음 직한 어린아이가 고추를 내놓은 채 물장난을 하고 있었다. 지도상으로는 이곳에서 일 킬로 정도 가야 마을이 나온다. 일 킬로의 거리를 어린아이 혼자 걸어올 수는 없을 터였다. 장 소위는 총신을 움켜쥐고서 어린아이의 주위를 살폈다. 웅덩이 조금 위쪽 나무 그늘 아래 아오자이의 여인이 나무 등걸에 반쯤 몸을 기댄 채 독서삼매에 젖어 있었다. 어린아이와 여인이라…….

장 소위는 소리 나지 않게 여인의 곁으로 다가갔다. 어린아이가 먼저 장 소위를 발견하고 새파랗게 질린 얼굴로 손을 들어 가리켰다. 그때는 이미 여인의 곁에 다가서고 있었다. 장 소위를 발견한 여인은 놀라기는커녕 희고 가지런한 이를 드러내며 소담한 웃음을 담았다. 당황한 쪽은 장 소위였다. 어떻게 생각하면 자신이야말로 무단침입자인 것이다. 더구나 멀리 따이한에서 파병되어 온…….

"앉으세요."

여인은 겁도 없이 유창한 영어로 말하였다. 따뜻한 그 목소리는 크게 반기는 것도 아니면서 그렇다고 멀리 내치고 싶은데 마지못해 하는 인사말도 아니었다. 장 소위는 이끌리듯 여인의 곁에 앉았다. 나이는 스물서넛쯤으로 보였다. 시골에서 야생초처럼 자란 처녀는 아니었다. 유창한 영어실력이며, 세련된 몸가짐에서 풍기는 교양미가 전신에서 배어났다. 어린아이는 두 사람을 잠시 지켜보더니 다시금 물장난을 하였다.

"아들인가요?"

장 소위는 겨우 할 말을 찾은 듯 어린아이를 턱으로 가리켰다.

"조카예요. 오빠 아들이죠."

"저 아랫마을?"

그녀는 입가에 웃음을 매단 채 머리를 끄덕였다. 장 소위는 새삼 자신의 영어 실력이 형편없다는 것을 절감하였다.

"위험하지 않아요?"

"마을의 수호신은 우리를 지켜줘요."

그녀는 휴교령이 내려 집에 돌아와 마을 아이들을 짬짬이 가르친다고 하였다. 내 나라 역사와 언어를 잃지 않으면 나라를 잃을지언정 민족은 살아 있다는 것이었다. 장 소위는 그녀의 맺힘이 없는 간략한 말에 잔잔한 조국애를 어루만지는 기분이었다. 나는 진정 조국을 위해 이곳까지 왔는가? 스스로 반문하지 않을 수 없었다.

"우리들을 마을까지 안내해 줄 수 있겠소?"

그녀는 깊숙한 눈길로 장 소위를 바라보았다. 그 눈길 속에 미묘한 감정이 뒤섞여 있었다. 뭐랄까, 서로의 믿음이 저울추처럼 교차되는 기류라고나 할까. 장 소위는 그녀의 깊숙한 눈길에서 고국에 두고 온 약혼녀를 떠올렸다. 믿음 쪽으로 받아들이고 그녀의 협조를 바랐다. 그것이 상처로운 오류의 그 무엇일지라도. 어린아이가 물기를 뚝뚝 흘리며 그녀의 곁으로 다가왔다. 어린아이는 부끄러움과 두려움으로 그녀의 가슴에 얼굴을 묻었다.

"이 아이는 오늘의 세상을 어떻게 볼 것 같소?"

"전쟁의 두려움과 공포를 평생 가슴속에 지니고 살겠죠. 누가 보상해 주고 치유해 줄까요?"

"전쟁의 상처를 몰랐으면 좋겠소……."

장 소위는 순간 육이오 전쟁의 상흔을 안고 사는 우리네 이웃들을 떠올렸다. 세월이 흐를수록 상처는 깊지 않던가.

"상처는 이미 심장을 쳤을 거예요. 이 아이들이 상처를 딛고 절망을 이겨내기를 기도해야죠."

그녀는 어린아이의 엉덩이를 토닥거렸다.

"자, 그럼 우리를 안내해 주시오."

장 소위는 가슴에 이는 감정을 떨치며 자리에서 일어났다. 전쟁의 참상은 곳곳에 널브러져 있었다. 전우들을 이끌고 그녀의 뒤를 따랐다. 그녀의 등에 업힌 어린아이는 잔뜩 겁에 질려 있었다. 그녀가 사는 마을은 논과 산이 잘 어우러진 평화로운 마을이었다. 물씬 순박한 인심이 발목을 적셨다. 그러나 겉모습과는 달리 마을의 집들은 군데군데 형편없이 망가져 있었다. 폭격을 맞아 찌그러지고 무너지고 주질러앉았다. 성한 집들도 기둥이고 벽이고 총알 자국들이 어지러이 박혀 있었다. 한눈에 살벌한 전쟁의 격전지였다는 것을 알 수 있었다.

장 소위는 그러한 전경을 바라보며 잔뜩 긴장하였다. 어디를 가도 전쟁터의 한복판에 서 있다는 위기의식을 저버릴 수 없었으나 이곳도 예외는 아니었다. 낮에는 아군, 밤에는 베트콩이라는 전쟁놀이. 마을에는 예감한 대로 젊은이들은 보이지 않았다. 노인네들과 아이들, 그리고 부녀자들뿐이었다. 그 가운데 그녀가 제일 젊은 처녀였다.

"오빠도 산사람이 되었소?"

"조국을 위해서죠."

"우리를 철저히 적대시하는군요."

"적이라는 개념마저 사그라졌어요. 솔직히 말해서 누구를 위해 이 나라에 와서 우리의 심장을 겨누죠?"

장 소위는 그녀의 도전적인 말에 잠시 심장이 멎는 것 같았다. 누구를 위한 전쟁인가? 생사를 넘나드는 속에서 누구나 한 번쯤 갖는 반문이요, 회의였다. 어찌 생각하면 전쟁 자체가 맹목적인 이데올로기에 의한 그 무엇인지도 모른다. 그리고 그 모두가 희생양인지도 모른다. 피비린내 나는 전쟁터에서 내가 살기 위해서는 누군가를 죽여야 하고, 또 내가 목숨을 잃어야 하는 그 처절한 희생양.

전쟁의 처절한 실체를 보여준 것은 그다음 날 새벽녘이었다. 장 소위는 정찰 임무를 띠고 앞으로 나아갔다. 마을에서 삼십 분 남짓 벗어났을까, 등 뒤에서 요란한 총성이 울림과 동시에 교전이 시작되었다. 상황이 다급한 장 소위는 구원을 요청하였고, 곧바로 지원 요청을 받은 전투기가 장대비 같은 융단폭격을 가하였다. 아침 해가 떠오르고, 화약 냄새로 자욱한 주위의 산천은 처참하기 이를 데 없었다. 다리에 총상을 입은 장 소위는 병원으로 실려 가기 전 응급처치를 받고 초토화가 되어버린 마을을 돌아보았다. 형체조차도 알아볼 수 없는 폐허더미 위에 시신들이 널려 있었다. 처참하기 이루 말할 수 없었다. 장 소위는 그녀의 시신을 찾았다. 그녀는 장 소위가 그녀를 발견하였던 계곡 바위 그늘 아래에서 어린아이를 안은 채 죽어 있었다. 장 소위는 그녀와의 짧았던 순간을 떠올리며 그녀와 어린 조카를 계곡의 둔덕에 묻어 주었다. 그리고 폐허더미 속에 묻힌 마을 사람들의 시신을 고이 한줌 흙으로 돌아가게 하였다. 그와 함께 전쟁에 대한 회의와 자신에 대한 깊은 절망에 빠졌다. 그녀의 죽음과 마을 사람들의 억울한 죽음은 명분 없는 학살이라는 점에서 자신과 무관하지 않다는 자괴감으로 심장이 터져 나갈 것 같았다.

"그럼, 이발소 거울 위의 액자 속 머리카락이……?"

문서전은 미몽에서 깨어난 눈으로 액자 속의 머리카락을 떠올렸다.

"그녀의 머리카락이 아니오. 더 아픈 사랑의 실체입니다."

"사랑하였던 약혼녀의 것인가요?"

"그렇소."

이발사는 술잔을 쥔 채 회한에 잠겼다. 베트남전에 참전하기 전, 장 소위는 그동안 사귀어 왔던 여인과 베트남전에서 돌아오면 결혼하기로 하고 비밀스레 약혼을 하였다. 약혼녀의 어머니 쪽에서 직업군인과의 결혼을 완강하게 반대하던 터라 두 사람이 즐겨 찾던 산사에서 굳게 언약을 한 것이다. 그리고 약혼녀는 지금까지 고이 간직하고 있던 영혼의 문을 열었다. 먼 이국 땅 전쟁터로 나가는 사랑하는 임에게 아낄 것이 없었다. 산사 아래 여관에서 하룻밤을 온전히 보낸 두 사람은 동트는 아침 산길을 내려왔다.

"이 나무다리는 언제 보아도 절개 굳은 혼백처럼 전설을 안고 있어요."

"그러게 말이야. 여느 열녀문을 연상케 하잖아?"

"열녀문보다 더한 정한이 담겨 있어요."

"난, 그걸 몰랐네."

"사랑하는 사람을 위해 머리를 잘라서 이 다리를 놓았다더군요."

약혼녀는 다리가 생겨난 유래를 들려주었다. 오래전 가난한 서생이 암자에서 글공부를 하고 있었는데 절 아래 마을 처녀와 우연히 눈이 마주쳐 사랑하는 사이가 되었다. 두 사람은 하루가 멀다 하고 만났다. 서생이 마을로 내려오거나 처녀가 암자를 찾았다. 그런데 언제나 곤혹스러운 것은 계곡을 건널 때였다. 장맛비라도 내리는 날이면 계곡물이 넘쳐 발을 구를 수밖에 없었고, 그런 날은 그리움으로 가슴이 무너져 내렸다.

처녀는 생각 끝에 다리를 놓을 결심을 하였다. 하지만 다리를 놓을 돈을 마련할 길이 아득하였다. 몇 날을 고심하던 처녀는 치렁한 삼단머리를 미련 없이 잘라 다리를 놓았다. 사랑의 징표요, 영혼의 가교였다.

"가슴을 찡하니 울리는군."

"우리 사랑도 그럴 거예요. 당신이 귀국하는 그날까지 이 다리를 오르내리며 우리의 사랑을 위해 기도할 거예요."

"그래. 우리의 사랑은 하늘을 움직일 거야."

장 소위는 약혼녀의 손을 꼬옥 잡았다. 약혼녀는 매일 쓴 일기를 장 소위에게 보냈다. 장 소위는 약혼녀의 편지를 받아 보는 즐거움으로 피비린내 나는 전쟁터에서 자신을 가눌 수 있었다. 그리고 장 소위를 더욱 행복하게 한 것은 약혼녀의 뱃속에 새 생명이 자라고 있다는 사실이었다. 그러니까 최초로 영혼의 문을 연 그날 약혼녀는 새 생명을 잉태한 것이다.

"그 순수한 사랑과 이발사가 된 것과는 무슨 관계가 있다는 거요?"

문서전은 인간의 힘으로는 어쩔 수 없는 슬프고 애잔한 운명의 굴레를 예감하였다.

"총상을 입은 다리를 제때에 수습하지 못하여 심각한 지경에 이르러 고국으로 후송되어 왔을 때, 참으로 감당하기 어려운 슬픔에 직면하였어요."

장 소위는 반겨줄 약혼녀를 생각하며 고국에 도착할 때까지 제대로 잠을 이루지 못하였다. 그러나 정작 약혼녀는 나타나지 않았다. 이게 웬일인가? 장 소위는 한 줌 불안한 마음을 안고 약혼녀를 찾았다. 약혼녀의 부모는 슬픈 얼굴로 맞으며 약혼녀가 유언으로 남겨준 머리카락을 안겨주었다.

"내 딸은 죽었네. 아이를 낳다 숨을 거두었네. 두 생명을 잃은 것이야."

장 소위는 그 말을 듣는 순간 모든 것을 잃었다. 약혼녀의 머리카락을 안고 방황의 길로 나섰다.

"그 마음을 이해하겠어요."

"도저히 자신을 가눌 수 없었어요. 더구나 가슴 아픈 것은 약혼녀가 죽던 날 베트남의 그녀와 어린아이를 묻어 주었다는 것이오. 마을이 폐허로 변하던 날이었지요. 인과응보인가? 절망을 안고 방황하던 끝에 참회하는 마음으로 노인들과 어린아이들의 머리를 깎아 주기로 하였어요."

약혼녀의 머리카락을 떠들면 문득문득 눈앞에 그녀의 환영이 다가서고, 폐허더미 속에 묻힌 마을 사람들의 주름진 모습들이 일어서는 것이었다. 무고한 그들을 죽음으로 몰아넣은 장본인은 누구인가? 아무도 책임을 지지 않는 그 엄청난 학살. 자신도 그 속에 포함되어 있다는 자책감으로 용서를 빌었다.

"굳이 가해자라는 누명을 스스로 짊어질 필요는 없잖아요. 그보다 더 많은 희생과 살생이 자행되었을 것이고……."

"역사의 오류라고 말할 수밖에 없지만 분명 강대국의 만행 아니겠어요. 거기에 일조한 나로서는 그들에게 참회할 수밖에요."

"하필이면 그 많은 방법 가운데 이발을 생각하였습니까?"

"그것은 새로운 탄생을 뜻하지 않는가요? 깨끗한 모습으로 다시 태어나는 모습을 바라보며 억울하게 죽어간 그들 영혼들이 다시금 이 세상보다 더 좋은 곳에 태어나기를 기원하지요."

"결혼은 하셨어요?"

"약혼녀가 가슴속에 살아 숨 쉬는데 결혼은요."

이발사는 쓰거운 웃음을 입가에 떠올렸다.

"나이가 들수록 외로움이 채일 텐데요."

"언제부터인가 그 외로움을 즐깁니다. 그보다는 베트남과의 항공로도 열렸고, 내 한번 그녀가 잠든 곳을 찾아가고 싶어요. 그래서 진심으로 사죄하고 싶은 마음입니다."

이제는 그녀의 얼굴마저 기억에 희미하였다. 하지만 가슴

한구석에 안개구름처럼 그녀의 영상이 서려 있음에랴. 이발 도구와 약혼녀의 삼단 머리카락을 짊어지고 가난한 마을을 순례하듯 떠돌아다녔던 젊은 시절부터 가졌던 염원이었다.

"한마디로 씻김굿이군요."

문서전은 아릿한 통증을 느꼈다. 이발사의 그 마음작용 뒤에는 부조리한 전쟁의 파편조각이 배어났다.

"베트남을 가게 되면 사죄하는 마음으로 그곳의 아이들과 노인들의 머리를 깎아 주면서 우리도 동족상잔의 아픔을 딛고 분단의 장벽을 허물며 통일로 한 걸음씩 나아간다고 이야기해 주겠어요."

"생각하면 베트남파병은 국익을 위한 것이라 할지라도 우리들의 자의적인 결정이랄 수는 없지요."

"약소민족의 설움이자 한계설정 아니겠어요."

"어쨌거나 반갑습니다. 이렇게 다시 만날 줄은 정말 몰랐습니다."

문서전은 마지막 술잔을 들었다. 술집을 나온 문서전은 이발사와 악수를 나누고 헤어졌다. 한쪽 다리를 절뚝거리며 멀어져 가는 이발사의 뒷모습에서 전쟁의 상흔은 아직 아물지 않았음을 상기시켰다. 차가운 바람 한 무더기가 방금 이발한 머릿속을 싸락눈처럼 파고들었다.

갈목
빗자루

"……오제갈 선생님께서 세상을 뜨셨어요."

연일 계속되는 찜통더위로 뒤치적거리는데, 차인행의 착 가라앉은 음성이 전류를 타고 왔다.

"지금 뭐라고 하셨소?"

"오제갈 선생님께서 갑자기 우리 세계를 떠나셨다구요."

"얼마 전에 만났는데……?"

신선정은 일전 지하철역에서 얼굴을 마주친 오제갈 선생을 떠올렸다. 묵직하게 들려진 낡은 가방, 뒷굽이 닳은 구두, 후줄그레한 옷차림하며 언제 보아도 여전한 모습이었다. 정년퇴임을 하고 나서는 오로지 전철만 탔다. 경로우대권이라는 복지정책에 힘입어 언제든지 무료로 탑승할 수 있기 때문이었다. 그전에는 아무리 급한 일이 있어도 시내버스를 고집하였다. 그런데도 한 가닥 여유가 있었다.

"어젯밤 다도회 회원들과 함께 저녁식사를 하고 늦은 시간 차비가 없다면서 버스 값을 빌려 갔는데, 그 길로 자정을 넘기지 못하셨는가 봐요."

"가만. 그 양반 요즘은 아무리 늦어도 철저하게 공짜 전철을 타는데, 버스 값을 빌리다니요?"

신선정은 그게 또 무슨 일인가 하였다. 약속장소나, 모임 장소가 지하철역과 거리가 멀어도 시내버스를 바꾸어 타거나 택시를 타는 법이 없었다. 전철에서 내렸다 하면 무조건 걸었다. 건강상 걷는 게 좋다지만, 낡은 가방 속에 든 자신의 저서의 무게하며, 뒷굽이 닳은 낡은 구두에 의지하여 먼 길을 걷자면 쉬운 일은 아닐 터였다.

"더러 한 번씩 빌려요. 갚은 적은 없지만……."

"그만한 사람이 주머니에 버스 값 한 푼 없이 행세를 한단 말이오?"

"그걸 여태 모르셨어요?"

차인행의 반문에 신선정은 잠시 말문이 막혔다. 평소 차값, 술 값 한 번 내지 않는 알량한 사람인 줄은 알았지만 차비까지 울겨내듯 빌린다는 사실은 몰랐다. 다인(茶人)으로, 고미술 전문가로 사회적 지위를 어느 정도 지니고 다니는 사람치고는 궁색하기 짝이 없는 생활인이었다. 듣기로는 이곳저

곳 초청을 받아 챙기는 부수입하며, 다달이 나오는 연금이 만만치 않다는 것이었다. 그런데도 지인들에게 흔쾌한 기분으로 차 한 번, 점심 한 끼 산 적이 없었다. 물론 술은 입에도 대지 않았다. 다인으로 행세하면서도 매번 다도를 연수받는 만만한 차인행 같은 사람에게서 차를 얻어 마셨다. 하여 오제갈 선생과 만날 일이 있으면 지하철역이나, 지하상가의 쉼터 같은 곳에서 이야기를 나누었다.

"그래, 지금 상가(喪家)요?"

"병원 장례식장이에요. 가족도 멀리 떨어져 있어 이제야 겨우 연락이 닿았고, 아무도 없어요. 선생님이라도 와 주셨으면 하구요."

"나보다 절친한 사람들이 많을 텐데……."

사실, 오제갈 선생과는 그렇게 가까운 사이는 아니었다. 신선정이 주관하는 부정기 간행물인 잡지에 몇 년 전인가 우리네 막사발에 대해 한편의 글을 싣게 된 인연으로 알게 되었고, 그 방면에 일가견이 있다 보니 몇몇 스님들과도 교분이 있었다. 그 스님들 가운데 신선정과 잘 아는 도우 스님과도 얼굴을 마주하였다. 주말 같은 날 암자에서 도우 스님과 차라도 마시고 있으면 오제갈 선생은 산사순례를 하듯 다도(茶道)를 배우는 제자들의 차에 얹혀 와 자리를 함께하고는 하였다.

"선생님마저 그런 말씀을 하세요? 평소 가깝다 싶은 분들께 부고를 알렸는데 다들 바쁘다 하잖아요. 더 심한 말도 들었구요."

차인행의 목소리가 적막하게 들렸다. 그 적막한 울림이 전이되어 신선정 또한 씁쓸하고 외로운 기분에 젖었다. 가깝고 멀고를 떠나서 영안실로 뛰어가는 게 예의요, 도리 아니겠는가.

"차인행은 어떻게 알게 되었소?"

"어젯밤 늦게 귀가하던 이웃집 총각이 대문 앞에 가방을 깔고 쓰러져 있는 오제갈 선생님을 발견하고 119를 불렀다는군요. 그때까지 숨이 붙어 있었는데, 병원에 가는 도중 운명하셨대요. 저도 조금 전에 출근하자마자 119로부터 연락을 받았어요."

"병명은 뭐래요?"

"일종의 빈혈이라던가……."

"빈혈이라니요?"

신선정은 해괴하다는 생각이 들었다.

"며칠 전 일주일 말미로 중국을 다녀왔어요. 어제 저녁 만난 것도 중국을 다녀온 여행담을 들려주기 위해서였어요."

"그렇게 돈 쓰기를 겁내는 사람이 어떻게 비행기를 탈 수 있었지요?"

"여행사 쪽에 겨우 비행기 표 값은 냈는가 보던데, 함께 간 일행들이 뒷수발을 하느라 물질적으로 마음고생깨나 하였는가 봅디다. 구화산에 오르면서는 한 차례 현기증을 일으켜 쓰러지기도 하였구요. 오제갈 선생님께서 차비를 빌려 돌아간 뒤로 다들 머리를 저었어요."

"짐작이 가고도 남소. 그런데 정말 처자식이 있다는 게요?"

신선정은 처음 듣는 소리였다. 다들 혼자 산다는 것이었고, 독신주의로 일관하는데도 여자관계 하나만은 깨끗하다는 것이었다. 짓궂은 친구들은 돈이 아까워 여자를 멀리한다고 비소를 머금었다. 정말이지, 오제갈 선생을 아는 그 누구도 오제갈 선생이 사는 거처를 알지 못하였다. 어떠한 일이 있어도 방문을 사절하였고, 아무리 경사스러운 일이 있어도 초대하는 법이 없었다. 자연 베일 속에 싸일 수밖에 없었다.

"저도 가족이 있는 줄 이제야 알았어요. 아들딸도 있는가 본데, 아예 담을 쌓고 살아왔는가 봐요. 미망인과 상주들이 오면 사정을 알겠죠."

"아무튼, 시간 나는 대로 조문을 가겠소."

신선정은 여전히 뜨뜻미지근하게 송수화기를 내려놓았다.

신선정은 결국 문상을 가지 못하였다. 장례식에도 참석할 수 없었다. 물론 집에 있었더라면 마음이 내키지 않았을지라도 그간의 정리와 예의상 조문을 갔을 것이다. 차인행으로부터 부음을 받고 인생무상이라는 말을 새삼 곱씹고 있는데, 시골 조카로부터 전화가 걸려 왔다. 이건 또 무슨 전화인가? 조카로부터 전화가 걸려오면 매번 덜컥 가슴이 내려앉았다. 구십을 바라보는 작은어머님, 막내고모, 둘째, 셋째 외숙모님들이 지근거리에서 삶의 빗장을 닫으려고 하기 때문이었다. 고향을 오래 전에 떠났는지라 시골의 대소사는 선산 지킴이 노릇을 하는 조카가 알아서 하였고, 친척들의 안부유무를 제때제때 알려 왔다.

"갑자기 전화를 드린 것은 다름이 아니라 은하가 느닷없이 결혼식을 올린다며 일방적으로 저희들끼리 결혼식 날짜를 잡아서요."

"이 찜통 같은 무더위에?"

신선정은 어리벙한 얼굴로 반문하였다. 은하라면 시골 조카의 누이동생으로 고등학생 때 얼굴을 보았으니까 대로변에서 마주친다면 생면부지로 다가설 것이다. 어디 그애뿐이랴. 그만큼 친척 간에 떨어져 있어 명절 때도 이산가족이나 다름 없었다.

"글쎄 말입니다. 알고 보니 저희들끼리 벌써 일을 저질러 마음이 급한가 봅니다."

마뜩잖아 하는 조카의 눈 흰자위가 선하게 다가왔다.

"분별없다고 나무랄 수야 있겠느냐. 세태가 그러한걸."

신선정은 마음 한구석에 쓰거운 기분이 차올랐으나 노친네들이 아직은 건강하다는 데에 가슴을 쓸어내렸다.

"철닥서니 없는 것들이라고 마구 나무랐습니다만, 엎질러진 물인지라 어찌하겠습니까. 마음 내키지 않더라도 식장에 참석하셔야지요. 아무에게도 안 알리려다 그래도 집안의 어른이신지라 다음에 무슨 말을 들을지 몰라 전화를 드렸습니다."

"네 마음을 이해하고도 남는다. 이상기후로 농작물에 피해는 없느냐?"

신선정은 조카의 면구스러워하는 마음을 다른 곳으로 이산시켰다. 본디 예의가 바르고 심성이 착하여 무어라 탓할 수도 없었다.

"태풍만 오지 않으면 그런 대로 거두겠습니다. 그보다 벌초 시기가 다가오고, 제 생각에는 이번에 조상님들을 한데 모았으면 합니다. 납골당도 가능하지 않겠습니까."

"이곳저곳 흩어져 있는 선영들을 혼자 힘으로 벌초하자면 점점 힘이 부칠 줄 안다. 더구나 숲이 우거져 길을 낼 수도 없을 것이고, 오늘의 숙제임에는 틀림없다. 좀 더 시간을 두고 의논하자꾸나."

신선정은 조카의 마음을 달래고 나서 흘깃 시계를 쳐다보았다. 내일 정오 결혼식에 참석하자면 밤차로 올라가야 하였다. 이왕 연락할 바에는 이틀 전에 하였더라면 좋았으련만. 그렇다고 시골 조카를 나무랄 수도 없었다. 외출할 준비를 하였다. 내친 김에 오제갈 선생의 영전에 조의를 드리고 가야 하나, 잠시 망설였으나 조카딸 결혼식에 가는데 문상을 간다는 게 꺼림직하였다.

밤 열차를 타고 가면서 줄곧 조상들의 묘역을 생각하였다. 제일 윗대가 묻혀 있는 선산에 질서정연하게 이장을 하든가, 조카 말처럼 납골당을 만들어 한군데로 모으든가 해야지 않을까? 이건 어느 집안이나 부딪치는 과제요, 숙원이 아닐 수 없을 터였다. 그래야만 작은어머님을 비롯하여 장차 조카들까지 한데 어울려 지하에서도 연대감을 이룰 것이다.

조카딸 결혼식에서 돌아온 신선정은 모처럼 만난 시골

조카와 어울려 한잔 술이 넘쳐 술 몸살로 며칠 누워 지냈다. 시골 조카 말처럼 이쪽저쪽 친척 하례객들은 가뭄에 콩 나듯 하였고, 신랑신부의 직장동료들과 친구들로 자리를 메웠다. 조카딸의 불룩한 아랫배가 더위를 먹은 듯 무거워 보였다. 시골 조카는 결혼식이 끝날 때까지 그 모습을 아름답게 보지 않았고, 그 감정을 술잔 속에 쏟아냈다. 드레스를 입은 은하의 그 모습을 보았지요? 뭐가 그리 급하다고 메주콩을 삶는 듯한 불볕더위에 결혼식이 뭡니까? 신선정은 그저 시골 조카의 마음을 다독일 수밖에 없었다. 그러다 보니 덩달아 취하였다.

차인행을 만난 것은 조카딸 결혼식을 다녀온 뒤로도 며칠 지나서였다. 고향 친구와 오랜만에 만나 점심을 들고 찻집을 찾아 나서다 지척에 있는 차인행을 떠올린 것이다. 그러자 오제갈 선생이 눈앞에 떠올랐다. 지나온 과정이야 어찌되었거나 고인의 명복을 빌어주는 게 도리인데 마음이 영 칙칙하였다. 신선정은 친구를 잡아끌었다. 친구 또한 심장판막증으로 수술을 받았다면서 찻집을 찾는 터였다. 사람의 운명이란 하루아침에 달라지는 건가. 고향 친구는 남보다 건강하였고, 술이라면 청탁을 가리지 않았는데, 그간 만나보지 못한 사이에 수술을 받고 죽음의 그림자를 안고 살다니. 이래저래 마음이 착잡하였다. 이러다간 어느 날 혼자 허허벌판에 서 있는 게 아닐까?

차인행은 여승과 다담(茶談)을 나누고 있었다. 여승과는 낯이 설어 그런지 좌석이 비좁게 느껴졌다. 서로가 그 점을 느꼈음일까, 여승은 잠깐 시장을 둘러보고 오겠다면서 짐을 맡기고 자리에서 일어났다.

"날씨가 너무 덥지요? 도대체 식을 줄 몰라요."

고향 친구와 인사를 나눈 차인행은 찻물을 다시 끓였다.

"밖에 나서기가 겁이 나요. 오제갈 선생 장례는 잘 치렀소?"

"모르셨어요? 도우 스님께서 살아생전의 우정을 생각하여 사십구제를 손수 지내시는데……."

"소식 못 들었는데. 날씨 핑계 대고 만난 지가 오래인걸요. 유가족은 어쩌고 손수 지낸단 말이오?"

"사연이 복잡해요."

차인행은 찻물이 끓어오르자 정성스레 차를 다루었다. 차인행이 내놓는 차는 정갈하고 깔끔하여 차향이 은근하였다. 이열치열이라는 게 바로 이것이었다. 차향을 맛본 친구도 흡족해하였다.

“조문객은 더러 왔습디까?”

신선정은 차인행과의 전화 통화에서 이미 예감을 하였으면서도 건듯 지나치는 말로 물었다.

“중국여행에 동행하였던 분들과 작년 일본에 함께 다녀온 다인(茶人) 서넛이 고작이었어요. 그러니까 최근 오제갈 선생님으로부터 다도강의를 들었던 사람들이라고나 할까요.”

“도우 스님께서는 극락왕생하십사 빌어주지 않았나요?”

“오셨다가 그냥 가셨어요. 목탁을 두드릴 분위기가 아니었어요.”

“의외인데요. 평소 불심이 남달랐다고 생각하는데…….”

“가족들의 종교관이 달랐어요.”

“그래요? 거기에 보이지 않는 거리감이 느껴지는군.”

“맞아요. 사모님께서 다른 종교를 믿는 것 같았어요.”

“그럼, 장지는?”

“화장이었어요. 상주들이 눈물 한 방울 흘리지 않더군요. 남보다 더한 먼 거리로 비껴나 있었어요.”

“직장생활도 충실하였고, 남들처럼 단란한 가정을 꾸렸음직한데 왜 그랬을까요? 아이들 교육문제도 있었을 게고…….”

“저도 그 점이 무척 궁금하였어요. 그래서 장례가 끝난 뒤

사모님께 그간의 사정을 들었어요. 생각보다는 막힌 분이 아니더군요."

차인행은 전화가 걸려 오자 간략하게 통화를 끝내고 다시금 찻잔을 돌렸다. 오제갈 선생의 시신이 한줌 재로 변할 때, 그 과정을 지켜본 사람은 사모님과 차인행뿐이었다. 아들과 딸은 지켜보기가 무엇하다는 듯 밖에 나가고 없었고, 그나마 동행하였던 다인들은 다들 약속이 있다면서 자리를 떴다. 사모님은 시종일관 말이 없었다. 장례식장에서부터 줄곧 무거운 침묵을 드리웠는데, 오제갈 선생의 시신이 한줌 재로 변하여 아들의 가슴에 안겨졌을 때, 비로소 말문을 열었다. 그와 함께 지금까지 짓눌리고 있던 가없는 무게로부터 놓여났다는 해방감이 얼굴 한켠에 맺히었다.

"선생님과는 무슨 일로 떨어져 사셨어요?"

차인행은 조심스럽게 물었다. 자칫 남의 사생활을 침해하는 것 같아 어렵게 말문을 연 것이다.

"곁에서 숨 쉬고 살기가 너무나 고통스러웠어요."

사모님은 회한이 서린 듯한 눈으로 오제갈 선생의 유골을 안고 가는 아들과 딸의 뒷모습을 바라보았다. 아이들이 저렇듯 장성하는 동안 그녀는 어떠한 삶을 살아왔던가. 남들은 그 나이에 며느리, 사위, 손자를 보고도 남았다. 한참 뒤늦은 결혼이었으나, 연년생으로 아들딸을 낳을 때까지는 만혼의 행복과 미래를 여미었다. 워낙 말수가 없고 고지식할 만큼 근검절약하는 남편이었는지라 그만큼 믿음직스러운 구석이 있었다.

"어떻게 만나셨는데요?"

"간호사로 일할 때 남편이 사는 골목 맞은편 집에 살았어요. 철거민들이 이주해 사는 열악한 곳이었어요."

그녀는 시골에서 올라와 간호사로 근무하였다. 주위에서 풍겨나는 악취를 견디며 아침저녁 출퇴근길을 오르내렸다. 버스를 타자면 한참 내려가야 하였기에 하루하루가 숨 가쁘고 빠듯하였다. 어느 날 야근을 마치고 밤늦게 귀가하는데 골목 층계참에 누군가 쓰러져 있었다. 겁도 나고 해서 그냥 지나치려다 몸에 배인 간호사 정신이 발걸음을 멈추게 하였다. 이마를 짚어보니 얼음장처럼 차가웠다. 아직 젊은 사람이 쓰러져 있다는 게 선뜻 이해가 가지 않았다. 집이 어디냐고 일으켜 세웠다. 휘청, 가벼운 몸피였다. 무얼 먹고 살기에 이 지경인가.

남편은 그녀에게 의지한 채 집을 가리켰다. 바로 골목을 사이에 둔 이웃이었다. 그런데 한 번도 마주치지 않았다니.

남편은 허깨비 같은 몰골인데도 묵직한 가방을 무슨 신줏단지나 되는 것처럼 그 무게를 감당하였다. 그리고 더욱 놀라운 것은 비좁은 방 안에 빼곡히 들어찬 책들이었다. 나중에 안 일이었지만 힘겹게 들고 다니는 가방 속에는 책이 들어 있었다. 굶다시피 하면서도 책은 사는가 보았다. 그녀는 거기에 감동하였다. 비록 빈혈증세를 안고 살면서도 미래의 꿈을 안고 사는 게 존경스러웠다. 그녀 자신 시골 가난한 집에서 태어나 공부라면 한이 맺힌 터였다.

그렇게 만남이 이루어진 뒤부터 그녀는 남편의 그 정신을 올곧게 받아들였다. 가만스레 반찬새며 음식 따위를 넣어주었다. 남편도 말은 하지 않았으나 그 마음을 고맙게 여겼다. 아무에게도 허락하지 않는 공간을 그녀에게만은 열어 보여주었다. 과묵한 성격인데도 그녀에게 떠듬 한마디씩 말을 건넸고, 그 둔중한 몇 마디 대화는 결코 가볍지가 않았다. 많이 배우고 일깨워서인가, 항상 메아리로 남았다. 그녀는 남편의 그 같은 행동과 대화 속에 점점 빨려들어 갔다. 그렇게 가슴을 열어가는 동안 서로가 믿음을 가졌다. 어쩌다 한 번씩 외식을 하기에 이르렀다.

외식을 할 때도 남편은 철저하게 절약정신을 발휘하였다. 아예 매너 따위는 담을 쌓고 살았는지, 아니면 몸에 배어버린 자린고비 정신인지는 몰라도 도무지 음식 값 한 번 내려고 하지 않았다. 매번 그녀 몫으로 인지하였다. 그녀는 한 번도 내색하지 않았다. 으레 그러려니 받아들였다. 그 돈으로 책을 사는데 도움이 되기를 바랐다. 다만, 한 가지 눈에 거슬린 것은 식도락이었다. 음식을 주문하면 남의 눈치 따위는 아랑곳하지 않고 사흘 굶주린 사람같이 먹어치웠다. 그것도 어느 정도 시간이 흐르자 곱다시 이해하였다. 짐작건대 끼니를 제대로 찾아 먹는 때가 별로 없지 싶었다. 어쨌거나, 만나는 횟수가 잦아지면서 그녀는 남편이 지니고 있는 현기증을 다스려야겠다는 의무감에 사로잡혔다. 그리고 그 마음은 결혼에 이르렀다.

“헌데, 그렇게 지아비를 받들었는데 어째서 따로 산 게요? 우리들은 독신주의로 깜박 속았잖아요.”

신선정은 웃음을 지었다. 오제갈 선생은 무슨 사연으로 혼자의 생활을 고집스레 즐겼으며, 주위로부터 갖가지 의문과 오해를 받으면서도 천연덕스러웠을까?

“따로 마음에 둔 여자가 있었겠지. 대체로 부부지간의 별거상태, 또는 이혼에 이르는 길은 성격차이 내지 치정 때문 아닌가?”

고향친구가 한마디 거들었다. 누구나 떠올림 직한 의문부호였다.

“오제갈 선생님은 그런 분이 아니에요. 고미술에 심취한 나머지 소위 명품을 찾아 감상하고 소장하기를 즐겼어요.”

차인행은 말도 안 된다는 듯 일언지하에 도리질하였다.

“서지학에도 남다른 안목을 지니고 있었고, 도자기라든가, 그림 따위의 소장품도 상당할걸요.”

“제가 알기에도 하루 빵 한 개로 살면서도 명품 하나 눈에 들어왔다 하면 기어코 소장하였어요. 거기에도 한심한 기질을 유감없이 발휘하였지만…….”

어느 날이었던가. 몇몇 수강생들과 다도강의를 마치고 돌아가려는데 다도회 총무를 맡고 있는 차인행을 눈짓으로 따로 불렀다. 가볼 데가 있다는 것이었다. 잠자코 따라오라고. 명품을 감상할 것이야. 차인행은 오제갈 선생의 말에 잔뜩 기대를 안고 동행하였다. 두 사람이 택시를 타고 간 곳은 차인행도 도자기 두어 점을 산 적이 있는 꽤나 이름이 알려진 골동품 가게였다. 주인은 기다렸다는 듯 오제갈 선생을 어둑한 골방으로 안내하였다. 그곳에는 케케묵은 그림과 도자기, 그리고 곰팡내 나는 고서가 들어차 있었다. 주인은 그 가운데 청자 한 점을 조심스럽게 꺼냈다. 그리고 오제갈 선생에게 감정을 바랐다. 오제갈 선생은 진지한 얼굴로 꼼꼼스레 감정을 하였다. 어때요? 제가 보기에는 명품이지 싶은데. 주인은 오제갈 선생의 진지한 얼굴에서 명품의 진가를 특유의 감각으로 매김하였다. 그런데 감정을 끝낸 오제갈 선생의 입에서 의외의 말이 나왔다.

"이거 어디서 장물로 잡은 거요?"

"무슨 말을 그렇게 하시오?"

주인은 졸지에 허를 찔린 듯 잠시 어리둥절해하였다.

"내 눈은 속일 수 없소. 도굴한 물건이오."

오제갈 선생은 평소와는 달리 단정 짓듯 몰아세웠다.

"신분이 확실한 사람으로부터 입수한 건데 무슨 말씀이시오."

주인은 말은 그렇게 하면서도 구린 구석을 내비쳤다.

"다른 말 하지 말고 나한테 넘기시오."

"그야, 값만 맞는다면야……."

주인은 오제갈 선생의 속내를 제대로 헤아리지 못한 나머지 말끝을 흐렸다. 오제갈 선생은 주인의 그러한 약점을 비집고 들며 멱살잡이로 흥정을 하였다. 된다느니, 안 된다느니, 줄다리기를 하듯 서로가 팽팽하게 값을 매기고 깎아내리는 동안 오제갈 선생의 태도는 더욱 고압적으로, 마치 매듭을 짓듯 최후의 상한선을 제시하였다. 주인은 결국 땡감 먹은 얼굴로 명품을 내주었다. 차인행이 보기에도 민망하였다. 강탈이나 다름없는 반에 반값의 흥정이었다. 오제갈 선생은 퍽 만족해하였다. 그리고 차인행을 데리고 간 것은 돈을 빌리자는 속셈이었다. 차인행더러 대납을 좀 해 달라는 것이었다. 마음이 영 찌뿌듯하였지만 거역할 수도 없어 카드로 결제를 하였다.

"그래, 빌려준 돈은 받았어요?"

"한참 잊고 있더니 일본에 함께 갈 때 주더군요. 그런데 오제갈 선생님 뒷수발하느라 다 썼어요."

"그런 사람인 줄 정말 몰랐네."

"가만, 부인과 떨어져 산 이유가 무엇이었는지요?"

고향 친구는 아무래도 그 점이 흥미롭고 궁금한가 보았다.

"사모님의 고백을 듣자니 같은 여자로서 기가 막히더군요."

차인행은 창밖으로 눈길을 보냈다. 행인 하나가 차인행에게 목례를 하고 지나쳤다.

그녀는 자식을 낳을 때까지 간호사로 일하였다. 그때까지는 생활의 어려움을 몰랐다. 가정생활을 꾸려나가는 데에 남편의 월급을 필요로 하지 않았다. 처녀시절처럼 자신의 월급으로 충분하였다. 남편도 가정경제를 그녀의 몫으로 방관자연 하였다. 오로지 자기중심적인 사고방식과 생활관을 고집하였다. 한 지붕 아래의 부부라지만 잠자리 외에는 처녀 총각시절의 생활관 그대로였다. 변화가 온 것은 자식을 낳고부터였다. 그녀는 직장을 그만두고 자식의 양육에 매달리면서 남편의 월급에 의존하였다.

"생활비?"

처음 한 달치 가정 생활비를 말하였을 때 남편은 뜨악한 표정을 지었다. 그런 것도 있었느냐는 듯 소태 먹은 얼굴상이었다. 그리고 더 이상 말이 없었다. 그녀는 기다렸다. 월급날이 돌아오자 봉투 하나를 건네주었다. 그녀는 어처구니가 없었다. 도대체 이 양반이 현재 돌아가는 실물경제를 제대로 아는 건가? 남편이 내놓은 생활비는 겨우 어린 자식의 분유 값에 지나지 않았다. 그래도 아직은 퇴직금이 머리맡에 있어 불만을 드러내지 않았다. 한번 일정금액을 정한 남편은 그 이하도 그 이상도 넘지 않는 생활비를 건네주었다. 둘째 아이를 낳고 나서도 마찬가지였고, 아이들이 학교에 들어갈 때도 변함이 없었다.

그때쯤 머리맡의 퇴직금마저 동이 났다. 자연 생활고에

허덕이는 꼴이 되었다. 주위에서는 안정된 남편의 직장에 걸맞게 넉넉한 살림을 꾸려나갈 것이라고 짐작하였으나 그녀의 마음고생은 말이 아니었다. 하다못해 바가지를 긁어보아도 남편은 귓결로 흘려들었다. 소귀에 경 읽는 식이었다. 지레 말라죽을 지경이었다. 아이들이 반찬 투정을 할 때마다 가슴이 무너져 내렸다. 이러다가는 가족 모두가 아사지경에 이르지 싶었다. 그녀는 불끈 치솟는 분노의 감정을 추스르지 못하고 집을 뛰쳐나왔다. 노라의 가출이 아니라 아이들의 장래를 위해서였다. 무조건 집을 뛰쳐나온 그녀는 남편과 멀리 떨어져 살고자 하였다. 일자리부터 구하였다. 조산소에서 일하였다. 야간근무도 마다하지 않았다. 노력한 만큼 아이들 교육비야, 생활하는 데 크게 불편하지 않았다. 남편과는 아예 소식을 끊고 남남처럼 살았다. 아이들도 굳이 아버지를 찾지 않았다.

그녀는 차츰 안정을 찾았다. 그녀가 다니던 조산소를 인수하고부터 자신도 알 수 없는 성취감을 맛보았다. 그 무렵부터 외로움을 이기고자 남편 대신 신앙에 의탁하였다. 조산소와 종교는 생명을 부여하는 매개체라는 점에서 심리적 위안을 주었다. 신의 이름으로 태어난 생명을 돌본다는 것은 믿음과 신뢰의 무엇이었다.

그동안 남편은 집을 한 채 마련하여 책더미 속에 파묻혀 산다는 소식을 풍문으로 들었다. 때로는 고급상스러운 잡지에 글줄도 쓰고, 꽤나 이름도 알려졌다고 하였으나 그녀는 먼 거리에서 무관심으로 일관하였다. 남편의 생활관과 인생관과는 아무런 상관이 없었다. 처자식을 저버린 자기지향은 허식이요, 허명에 지나지 않았다.

“그러니까 집 한 채를 장만할 수 있었던 것은 근검절약의 결과물이라 할 수 있겠군요.”

“그렇지만 집 한 채와 처자식을 맞바꿀 수는 없지요. 정말 지독한 양반이었어요. 평생 자린고비 성질을 버리지 못하였으니까요.”

차인행은 일전에 갔던 일본여행을 떠올리며 머리를 절레절레 흔들었다. 뜻 맞는 다인들끼리 이도다완을 감상하자는 의견이 나돌아 차인행도 귀가 솔깃하였다. 거기에 기름을 부은 것은 오제갈 선생이었다. 자기도 이번 기회에 꼭 한번 보고 싶다는 것이었다. 더불어 일본의 다문화와 도자기의 실태를 직접 눈으로 실측하는 게 보탬이 될 것이니 함께 가자는 것이었다. 그러면서 언젠가 도자기 한 점을 구입할 때 빌렸던 돈을 갚았다.

차인행은 그 돈을 받아 든 순간 마음을 정하였다. 일행들도 오제갈 선생의 해박한 설명을 듣는 게 도움이 될 것이라고 기꺼워하였다. 여섯 사람이 오제갈 선생을 모시고 일본을 다녀왔는데, 차인행은 그 뒤치다꺼리를 하느라 마음고생뿐만 아니라 돈은 돈대로 썼다. 정말이지, 그렇게 얌체머리 없는 노랭이인 줄 몰랐다. 음료수 한 잔, 밥 한 끼, 숙박료 한 푼 흔감스럽게 내려고 하지 않았다. 오로지 차인행에게 맡겨버린 채 자기 하고 싶은 대로 행동하였다. 독선에 가까운 철저한 이기주의자였다. 일행들도 넌더리를 냈다. 차인행은 곱다시 수행비서 노릇을 톡톡히 한 셈이었다.

"차인행께서 된통 진저리를 쳤군요."

"말도 마세요. 집에는 아예 밥솥 따위는 없을 것 같고, 하루 빵 한 개로 때우실 때가 비일비재하였지 싶어요. 그것도 자기 주머니돈으로 산 적이 없을 거예요."

차인행은 언제부터인가 오제갈 선생을 위해 다식(茶食)으로 빵 아니면 떡을 준비해 두었다. 낡은 가방을 들고 후줄그레한 모습으로 오제갈 선생이 들어서면 말없이 차와 다식을 내놓았다. 오제갈 선생은 다식을 아주 맛있게 먹었다. 저렇게 식성이 좋으면서 어째서 식사를 제대로 하지 않을까? 주머니에 돈이 없나, 능력이 없나, 차인행은 그 모습을 바라볼 때마다 동정심보다도 생활관 그 자체가 일말의 비극처럼 여겨졌다. 어쩌다 모임자리 끝에 점심이라도 대접할라치면 주위 눈치 볼 것 없이 먹성 좋게 먹어치울 때면 민망하기까지 하였다. 왜, 저렇게 인생을 사는 걸까? 도무지 해석이 불가능하였다. 오제갈 선생의 그런 생활습관을 알고 난 사람들은 차츰 오제갈 선생과의 자리를 멀리하였다.

"나도 오제갈 선생의 그 점을 잘 알기에 밉상이다 여겼는데, 듣고 보니 철저하였네요."

"그뿐인 줄 아세요. 오제갈 선생님께서는 무엇이든지 공짜가 없었어요. 심지어는 도자기 한 점, 찻잔 한 개 감정해 주는데도 보상해 주지 않으면 안 되었어요. 하다못해 식사 대접, 아니면 차비라도 챙겨주어야만 뒷말이 없었어요."

"그건 받아들이기 나름 아니겠어요. 이쪽에서 어떤 명목을 떠나서 점심 대접이나 차비를 줄 수도 있고, 받는 쪽에서도 인사치레 정도로 받아들일 수 있겠지요."

"그게 아니라니까요. 소홀히 넘기면 꼭 뒷말을 하세요. 한마디 말의 값어치와 존엄성을 모른다면서요. 그때마다 듣는 제가 무안하였어요."

"듣자니 오제갈 선생이란 분의 좋은 점은 어느 구석에도 없군요. 그렇게 몸에 배어버린 생활습관이랄까, 인생관에 동기부여가 있을 것도 같은데요."

"사모님 말씀에 의하면 오제갈 선생님은 경제적으로 무척이나 어려운 환경 속에서 성장하였다고 하였어요. 집이 없어서 남의 집 헛간이나 부엌방에서 기식해 살면서 좋은 집 가지는 것이 평생소원이었다고 하였어요."

"그 시절에는 대개가 다 그랬지요."

"오제갈 선생님 아버지께서 옹기장이였는데, 시절이 바뀌면서 옹기가 찬밥신세를 받을 즈음 몰락의 길로 들어섰다는군요. 설상가상으로 어머니께서 가난을 이기지 못하고 돌아가시자 아버지는 술로 세월을 죽이다가 쓰러지셨고, 오제갈 선생님은 부평초처럼 도시로 흘러들었다나요. 어렸을 때부터 머리가 좋아 갖은 고생 끝에 학문의 길을 닦았고, 결국 자신의 뜻을 이루었다는 거예요."

"그러니까 내면에 도사리고 있는 가난에 대한 열등감, 다시 말해 가난에 한이 맺혔군요."

고향 친구가 찻잔을 내려놓으며 단정 짓듯 말하였다.

"오제갈 선생의 사인도 평소 굶다시피 한 허약한 체질로 해외여행을 다녀온 때문이 아니었을까요?"

"일본을 다녀온 그 행적을 실례로 든다면 충분히 그럴 소지가 다분하지요. 평소 부실한 식사로 현기증을 달고 다닌 허약한 체력으로는 감당하지 못하였을 거예요."

차인행의 말에 신선정 또한 달리 할 말이 없었다.

"그런데 오제갈 선생이 수집한 값나가는 고미술품들이 꽤나 있을 텐데 어떻게 보관하였을까요?"

"사모님과 제가 오제갈 선생님께서 남기신 유품을 정리하였어요. 그런데 값나갈 만한 고미술품들은 보이지가 않았어요. 그 대신 아파트상가, 주택, 그리고 최근 고향 근처의 시골집을 구입한 등기문서가 나왔어요."

"평생 자린고비로 살아온 결과물이 그것이었다니……?"

신선정은 오제갈 선생에 대한 일말의 존경심이 깡그리 무너져 내렸고, 그 자리에 한 인간에 대한 안타까움과 아쉬움이 들어찼다.

"사모님과 저도 놀랐어요. 아무리 가난에 한이 맺혔기로서니 죽는 그날까지 겨울 추위에 헐벗은 나무처럼 살아왔는가 하구요."

"결국 오제갈 선생의 삶의 상징물이 집 몇 채로 남았군요."

"비유가 좀 그렇습니다만, 오제갈 선생님의 삶을 돌아보면 몽당 빗자루로 남은 갈목 빗자루가 생각납니다."

차인행은 숙연한 얼굴로 차를 새로 다루었다. 신선정은 차 향기를 입안 가득 지닌 채 고향 친구와 자리에서 일어났다.

낙화落花

동아리 후배와 부여 백마강과 낙화암을 돌아보았다. 불현듯 잊고 있었던 그녀의 영상이 아슴하게 떠올랐다. 그녀를 만난 것은 제비가 강남에서 돌아온다는 삼월 삼짇날이었다. 낙화암은 그 사이 세월의 변화를 이고 서 있었는데, 서녘 햇살이 강물에 드리운 절벽 난간에서 그녀는 외로움을 짊어지고 서 있었다.

"죄송하지만 사진 한 장 담아 주시겠어요?"

가까이 다가가자 그녀는 애써 수줍음을 감싸안으며 어렵게 부탁을 하였다. 이쪽 말씨와는 사뭇 다른 억양이어서 더욱 부끄러움을 여미고 있었다. 그녀의 그런 모습에서 거부할 수 없는 호기심이 묻어나 카메라 초점을 맞추었다. 그런데 참으로 이상한 일이 일어났다. 카메라 렌즈 속에 클로즈업된 그녀의 자태가 궁녀의 모습으로 변하더니 셔터를 눌렀을 때는 한 떨기 꽃잎처럼 강물로 뛰어내리는 것이었다. 나는 너무도 기이한 신기루 현상에 하마터면 카메라를 땅에 떨어뜨릴 뻔하였다.

"한 장 더 찍어 드릴까요?"

나는 턱없는 환영을 지워버리기 위해 웃음을 보냈다.

"아니에요. 고마워요."

그녀는 웃음기를 머금으며 사양을 하였다.

"실례지만 말씨가……?"

"중국 조선족이에요. 저의 할아버지께서 살아생전 이곳에 한 번 와보기를 소원하셨어요. 이곳 부여에서 조상이 살았다는 이야기를 대대로 물려받았어요. 저 역시 아득한 전설로 들어왔고요. 역사를 거슬러 올라가면 백제의 마지막 왕이 사로잡혀 당나라로 끌려갔을 때 저의 조상께서도 함께 잡혀갔다나요."

"그래서 할아버지 대신 이곳을 찾으셨군요."

"그런 셈이죠. 정말 경치가 수려해요. 한 시대를 담금질하였을 법한 풍류가 강물에 유유히 떠 있어요."

"삼천 궁녀가 낙화암에서 뛰어내렸다는 전설 같은 이야기도 들으셨겠군요."

"할아버지께서는 터무니없는 날조라고 하셨어요. 도저히

상상이 가지 않는다면서요. 보세요. 할아버지 말씀이 맞는 것 같지 않으세요? 부여성을 다 둘러보아도 삼천 궁녀를 거느릴 만한 도읍지가 못 되며, 이 절벽 난간에서 삼천의 궁녀가 떨어졌을 리도 없구요."

"저도 그 점은 공감해요."

"날조된 역사관이에요. 어쩌면 단 한 여인, 진심으로 왕을 사랑하였던 궁녀가 삼천 궁녀를 대신하지 않았을까요? 아니면 왕과 함께 잡혀간 그 누군가를 애절하게 뒤따르던 여인네가 강물에 몸을 던졌는지도 모르구요."

"방금 그런 신기루 현상을 보았습니다."

나는 다시 한번 가느다란 전율을 느꼈다. 목이 말랐다. 그녀를 이끌고 가까운 매점에 들러 캔맥주를 시켰다.

"조금 전 신기루 현상을 보셨다고 하셨는데, 그건 무슨 말씀이세요?"

그녀는 갸름한 눈길로 물었다.

"사진을 찍는 순간……."

"제 모습이 궁녀로 보였단 말이죠?"

그녀는 나의 다음 말을 낚아채며 솜털구름 같은 웃음을 입가에 떠올렸다. 그 웃음이 왠지 모르게 낙엽을 떨구는 스산한 바람결처럼 느껴졌다.

"아까도 공감하였지만 저 역시 삼천 궁녀에 대해서는 회의를 가지고 있어요. 그보다는 망국의 비운을 맞으면서 보다 애절한 사연이 낙화암에 서려 있지 싶어요."

"그래요. 저의 선조께서 당나라로 붙잡혀 가던 날, 사랑하는 여인이 차마 그 모습을 바라볼 수 없어 강물에 몸을 던졌다고 하였어요."

그녀는 아득한 눈길로 어둠이 내리는 강물을 바라보았다. 나는 차 시간을 떠올리며 아쉬운 마음으로 자리에서 일어났다.

"저는 이만 가봐야겠습니다."

"그러세요? 저는 하루쯤 더 있다 갈까 봐요."

그녀는 쓸쓸함을 얼굴 한켠에 담았다. 마음 같아서는 그녀와 좀 더 시간을 갖고 싶었다. 외로움을 안고 있는 그녀는 어딘지 모르게 연민을 불러일으켰다.

"사진은 어디로 보내 드릴까요?"

"이곳 주소로 보내 주시겠어요? 당분간 여기에서 머물 거예요."

그녀는 조금 망설이더니 메모지에다 또박하게 주소를 적어 주었다.

"단순한 관광은 아닌가 보지요?"

“저는 관광 온 게 아니에요. 그리고 돈벌이를 위한 밀입국자도 아니고요.”

“알겠어요. 요즘은 너도나도 돈벌이나 관광으로 오해를 받기 쉽죠. 사진은 되도록 빠른 시간 받아 보도록 하겠습니다.”

“저로서는 추억에 남을 기념이 되겠어요.”

그녀는 내가 차에 오를 때까지 지켜 서서 손을 흔들어 주었다.

그녀와의 만남은 어찌 생각하면 짧게 스쳐 지나친 그저 그런 인연이라 할 수 있었다. 그런데, 집에 돌아와 사진 속에서 그녀를 발견하였을 때, 카메라 셔터를 누르는 순간 보았던 신기루 현상을 다시금 떠올렸다. 그리고 그 같은 착시현상은 실로 엉뚱한 상상과 역사의 기류 속으로 이끌었다.

부소산 낙화암에 서면 무언가 모를 아릿함을 가슴에 여미게 하였다. 천년 세월 흐르는 백마강은 이제는 역사 속에 묻혀진, 한 떨기 꽃잎처럼 강물에 몸을 던진 한 여인의 모습이 찬 서리로 휘때리며 내 앞에 다가선 것이다.

백제 의자왕 20년, 나당연합군에 의해 백제가 멸망하기 전, 신라와의 싸움에서 전리품으로 잡혀 온 신라의 한 여인은 왕 앞에 불리어 나갔다. 두렵고 수치스러워 혀를 깨물고 싶었다.

"고개를 들라."

왕의 음성은 의외로 인자하였다. 다소 지친 듯하였으나 착 가라앉은 음성은 덕성스럽기까지 하였다. 아버지의 목소리가 저러하였던가? 여인은 자신도 모르게 머리를 들었다.

"흐음, 어여쁘구나."

왕은 입가에 미소를 머금었다. 여인은 왕의 미소 어린 얼굴을 바라보며 다시 한번 전리품으로서의 비애와 슬픔을 느꼈다.

"이 계집을 어떻게 할까요?"

대신이 왕의 곁에서 하명을 기다렸다.

"이번 싸움에서 공로가 큰 화을계(和乙契) 장군에게 보내도록 하라."

왕은 간단스럽게 어명을 내렸다. 화을계 장군은 왕족이었다. 여인은 목욕을 하고 옷을 갈아입은 다음 화을계 장군에게 안내되어 후원의 가장 후미진 방에 들었다. 감금이나 다를 바 없었다. 모든 게 낯설었고, 하루하루가 설움과 고통으로 피멍울이 들었다. 기구한 자신의 운명을 저주하며 죽음을 소망하였다. 그러기를 보름여, 마침내 장군의 부름을 받았다. 장군은 의외로 젊었다. 사람을 압도할 만한 눈빛은 예사롭지가 않았다.

"내 바쁜 일로 잊고 있었다만 지내기가 어떻느냐?"

"그저 죽여주십시오."

"죽음이 진정 네 소원이냐?"

"이렇게 사느니 차라리……."

"차라리 고향에 보내주랴?"

"정말이옵니까?"

그녀는 순간 눈을 반짝 빛냈다. 그 눈가에 금새 이슬이 맺혔다.

"내 다시 너를 찾을 때 해답을 주겠노라."

장군은 여인의 눈망울을 깊숙이 바라보고 나서 그녀를 물리쳤다. 여인은 조용히 방으로 돌아왔다. 장군의 말을 믿지 않았다. 내 마음을 잠시 떠보려는 술책인지도 모른다. 여인은 새로운 불안에 잠겼다. 여인의 운명을 거머쥔 장군으로서는 항상 자기중심에서 판단하고 재단하여 명령을 내리고 살인을 예사로 자행한다. 죽음을 두려워하지 않지만 전적으로 신뢰하고 믿어서는 안 된다. 설령 오늘의 말이 진심이었을지라도 날이 새면 또 마음이 바뀔 수 있다.

여인이 장군 앞에 불려간 것은 그로부터 열흘 뒤였다. 장군의 침소였다. 여인은 잔뜩 몸을 움츠렸다. 죽음보다 더한 수치요, 절망이었다.

"오늘은 네가 쳐 올리는 술 한 잔을 들고 싶구나. 왕이 내려주신 하사품으로서가 아닌, 진정한 신라 여인의 체취를 맡고 싶다. 따지고 보면 신라나 백제나 고구려나 다 같은 한 핏줄이 아니냐. 더구나 우리의 성왕께서는 너의 나라 공주를 왕비로 맞이하였느니라. 서라벌에 일찍이 퍼진 서동 노래를 알고 있겠지?"

장군의 목소리에는 무언가 모를 우수가 담겨 있었다. 여인은 다소곳이 머리를 수그린 채 술잔을 쳐 올렸다.

"아직도 고향에 가고 싶으냐?"

"……."

"망설임 없이 솔직하게 말하여라."

장군은 두 잔째 술잔을 들었다.

"진정이옵니까?"

여인은 간절한 눈길로 장군을 올려다보았다.

"네가 전리품으로 잡혀 오게 된 것은 싸움을 승리로 이끈 나에게도 어느 정도 책임이 있지 않겠느냐."

"가고 싶습니다."

여인은 자신도 모르게 눈물을 머금었다.

"고향에 사랑하는 사람이라도 있느냐?"

"없사옵니다."

"네 마음을 알겠다. 소원대로 고향에 보내주겠다. 그러기 위해서는 나하고 약속을 해야겠다."

"약속이라 하였습니까?"

여인은 어리둥절한 얼굴을 하였다.

"너를 처음 본 순간 나도 알 수 없는 야릇한 감정에 휩싸였다. 때 묻지 않은 아름다움이 내 마음을 흔들어 놓은 게다. 강제로 너를 안을 수 있다만, 난 어디까지나 네 스스로 내 품에 안기기를 바라는 마음이다. 그래야 진심을 얻을 수 있지 않겠느냐. 그래서 말인데, 지금부터 석 달 동안 닷새에 한 번씩 너와 시간을 보내며 서로의 마음을 시험하기로 하자꾸나."

"그러하오면……."

"석 달 동안 변함없이 한결같은 마음으로 고향을 가고자 한다면 그날로 고향에 보내 줄 것이고, 내가 쏟는 사랑에 고향을 잊는다면 영원히 내 곁에 있어야 한다. 나 또한 그동안 마음이 변해 너를 보고 싶지 않으면 그날로 너를 고향에 보낼 것이다. 어떠냐?"

"저야, 붙잡혀 온 몸. 더 이상 바랄 게 있사옵니까."

여인은 장군의 제안이 황당하게 들렸다. 누가 오늘의 비극을 안겨준 장군을 사랑한단 말인가. 장군의 말이 허튼 말이 아니라면 내 기어코 장군의 유혹을 떨치고 고향에 돌아가리라. 여인은 마음을 굳게 여미었다. 장군은 정해진 날이 되면 어김없이 여인을 부르거나, 아니면 주안상을 앞세우고 여인을 찾았다. 달 밝은 밤이면 백마강 절벽 위에서 강물에 떨어진 창백한 달을 건져 올리기를 즐겨하였다.

"오늘은 유난히 달이 밝구나. 이런 날은 고향 생각이 저절로 나겠구나."

"마음을 헤아려 주시어 감사하옵니다."

"누구나 태어난 곳은 아름다운 법이다. 북방의 말이나 남방의 새도 태어난 곳을 그리워하는데, 하물며 사람임에랴."

"약속한 석 달 동안은 고향을 가슴에 그리지 않겠습니다."

"허어, 나만을 위하겠다는 것이냐?"

"부질없는 망상일 뿐만 아니라 석 달 뒤에는 고향에서 마음껏 둥근 달을 볼 수 있지 않겠사옵니까."

여인은 되도록 장군 앞에서 고향을 그리워하는 낯빛을 보이지 않기로 하였다.

"시간이 더디게 흐를수록 고향에 가고 싶은 마음은 더욱 간절하겠지. 조금만 참거라. 화살처럼 빠른 게 세월 아니더냐."

장군은 강물 속에 빠진 달을 술잔에 떠 담으며 생각에 잠겼다. 장군의 그런 모습은 참으로 우람하고 위엄스러워 보였다. 하나의 산처럼 우뚝한 형상이었다. 그러나 그 우람한 모습에서 외로움이 묻어났다. 부족함이 없는 장군인데, 저 쓸쓸한 바람은 어디에서 오는 걸까? 여인은 자신도 모르게 한숨을 죽였다.

"너는 인연을 어떻게 여기느냐?"

장군은 생각에서 깨어나며 물었다.

"만남도 종류가 있다고 봅니다."

"그래, 꽃다운 너로서는 오늘의 운명을 곱씹으며 그렇게 말할 수 있겠지. 허나, 만남은 그것이 비록 야차 같은 성질일지라도 인연임에 틀림없다. 부처님께서도 마군을 선인으로 인도하였고, 옷깃을 스치는 만남도 소홀히 하지 말라고 하였다."

"하오면, 전쟁터에서 적과의 만남도 인연의 무엇인지요?"

"그것도 인연임에는 틀림없다만, 피를 뿌리는 비극으로 갈무리된다. 나는 전쟁을 치르면서 매번 절망한다. 서로가 싸우지 않고 좋은 인연으로 꽃 피우면 좋으련만, 국가 간의 영토분쟁은 그렇지가 못해 눈물을 흩뿌린다. 어쩔 때는 이름 없는 필부로 살면서 평생을 사랑하는 사람과 흐르는 물처럼 살고 싶구나."

"전쟁을 일으키면서도 고뇌하시는군요."

"전쟁은 상대적이다. 어느 누군들 싸우기를 좋아하겠느냐. 너는 고향에서 어떻게 지냈느냐?"

장군은 화제를 돌렸다. 그녀는 잠시 지그시 입술을 깨물었다. 장군은 말없이 여인을 내려다보며 술잔을 기울였다.

"사랑채 곁에 춘설(春雪)을 머금고 피어난 매화가 눈앞에 다가옵니다."

"그렇게 자랐구나. 너의 체취에서 그걸 느꼈다만……."

"지난 시절은 부질없는 낙엽이옵니다."

"지금의 네 처지가 그렇다는 말이렸다? 내가 이곳을 즐겨 찾는 것은 어렸을 때 어머니의 손을 잡고 찾아온 날을 잊지 못해서이다."

그날은 노을빛이 참으로 아름다웠다. 이제 막 단풍으로 물든 주위를 벌겋게 물들인 노을은 황홀하기만 하였다. 그때, 어머니는 무심코 한숨을 지으며 강물 위로 떨어지는 낙엽처럼 강물에 뛰어들고 싶다고 하였다. 왕후 다음으로 부족함이 없는 어머니의 입에서 그런 말이 나오다니, 어린 마음에도 가늠하기가 힘들었다. 그리고 자신도 모르게 강물을 내려다보았다. 순간, 아찔한 현기증을 일으키며 한 걸음 뒤로 물러섰다. 차갑고도 감미로운 기운이 강물 속에서 유혹의 손길로 뻗쳐 나왔다. 그 뒤 아버지가 전사하고 자신 또한 아버지의 뒤를 이어 전쟁터를 누비는 가운데 비로소 어머니의 그 마음을 헤아렸다. 사람의 감정은 꽃향기보다 더 향기롭고 진한 것이어서 아무리 깊은 곳에 감추어도 밖으로 비어져 나오는 것인가……?

"어머님께서는 아버님을 사랑하셨습니까?"

"그건 네 상상에 맡기겠다. 지아비를 전쟁터에 내보내는 아녀자의 마음은 어떠한 신분일지라도 마찬가지 아니겠느냐. 어머님께서 돌아가신 뒤로 이곳을 찾게 되면 꽃다운 여인네가 한 떨기 꽃처럼 강물에 떨어지는 환상에 젖는다."

"어머님을 잊지 못하시는군요."

"그렇기도 하다만, 그보다는 전혀 알 수 없는 존재가 꽃다운 자태로 다가온다. 그런데 요즘은 이상하게 그 꽃다운 존재가 너의 모습으로 빚어진다는 것이다. 얄궂은 망상이 아니겠느냐?"

"제 마음을 살펴주시옵소서."

여인은 장군의 은근한, 마음의 솟대가 어느 지점에 서 있는지 짐작이 가자 오스스 몸을 사렸다. 장군은 단순한 제물로 바쳐지는 나의 육신을 탐하지 않는다. 그보다는 더 무섭고 전율이 흐르는 영혼을 갈구한다.

"네 마음을 안다. 너는 오직 일편단심으로 고향에 가고 싶은 단 하나의 마음뿐이란 걸. 약속한 그날을 기다리면서."

"아니옵니다. 제가 두려운 것은 점점 제 자신이 찰진 진흙 속으로 빠져든다는 것입니다. 오늘 같은 날은 고향에 대한 그리움과 절망을 뛰어넘는 그 너머의 잔디밭을 구원의 땅으로 염원하며 강물을 따라 끝 간 데까지 떠내려가고 싶습니다."

"가자꾸나. 내가 그 잔디밭을 조성해 주겠다."

장군은 여인을 일으켜 세웠다. 여인은 이제까지 부둥켜 안았던 꿋꿋한 자제력을 잃고서 장군이 이끄는 대로 따랐다. 한 걸음을 옮겨 딛을 때마다 아주 먼 길을 가는 듯하였다. 여기가 어디인가? 여인은 모든 잡념과 절망을 내던진 채 장군이 가고자 하는 곳으로 향하였다. 장군은 바로 지척, 얼마 멀지 않은 정자에 이르렀다. 여인은 이곳이 정자라는 사실마저 잊었다. 먼 길을 걸어와 제비꽃 패랭이꽃이 어우러진, 융단처럼 부드러운 잔디밭으로 생각하였다. 장군은 조심스럽게, 은근한 미소를 바람에 일구며 여인을 안아 뉘였다. 여인은 눈을 감았다. 아, 이렇게 부드럽고 포근할 수가! 등허리에 깔린 잔디의 촉감은 고향의 뒷동산만큼이나 정겹고 향기로웠다. 장군은 옷고름을 한 자락씩 풀어 헤쳤다. 정말이지, 겹겹이 두른 옷이야말로 얼마나 많은 제약을 가하는가. 더구나 그 옷자락에서 높낮이의 신분을 나타냈을 때의 구속감은 쇠창살보다 더 답답함을 주지 않던가. 여인은 어느 순간 하복부에 심한 통증을 느꼈다. 자신도 모르게 혀를 깨무는 신음소리를 내지르며 장군을 껴안았다. 그러자 통증은 미풍을 실어 오듯 비릿하면서도 황홀한 기운으로 달아올랐다. 그 미풍은 두 사람을, 주위를 아지랑이처럼 감싸 안으면서 노을빛보다 더 붉게 물들였다.

두 사람의 황홀한 의식을 일깨운 것은 번개와 천둥보다 더 크고 갑작스러운 침입자였다. 장군은 솟구치듯 일어나 황망히 왕궁으로 향하였고, 여인은 환몽에서 깨어난 사람처럼 갈피를 찾지 못하였다. 발가벗은 알몸이 부끄러웠고, 정자의 처마 끝을 울리는 바람소리는 황량하기만 하였다. 여인이 꿈꾸었던 황홀한 잔디밭도, 제비꽃 패랭이꽃도 간 곳이 없었다. 여인은 옷을 추슬러 입으려다 말고 속치마에 붉게 점 찍혀 있는 선혈을 발견하였다. 잠시 말없이 선혈을 내려다보며 입술을 잘근 깨물었다. 눈물이 소리 없이 두 볼을 타고 흘러내렸다. 그 눈물 속에는 여인만이 간직하고 사랑하였던 온갖 것이 깃들어 있었다. 미움과 고통, 절망과 증오까지 그 속에 녹아

내려 선혈 속에 맺혀났다.

여인은 몸을 꼭꼭 감싸듯 천천히 옷을 입었다. 그리고 낙화암 절벽 난간, 장군과 방금 술잔을 나누었던 바위께로 나왔다. 바람이 거셌다. 아까는 바람마저 고요로웠는데, 날선 구름과 뒤채는 강물이 예사롭지 않았다. 구름 속에 숨어버린 달은 음산한 빛을 뿌렸다. 바람결에 아우성소리가 묻어났다. 함성소리와 비명소리가 한데 뒤엉켜 점점 가까이, 처절하게 들려왔다. 말발굽소리, 창칼 부딪치는 소리, 활시위 소리, 피비린내가 발밑을 적셨다. 여인은 주위를 둘러보았다. 궁궐 쪽에서 불꽃이 일어나고, 그 불길은 사방으로 번져났다. 장군의 모습을 찾았다. 고군분투, 말 위에 올라 칼을 휘두르며 군사들을 독려하는 모습은 이미 패잔병의 모습 그것이었다. 칼을 휘두를 때마다 이제 너는 고향으로 돌아가라. 승리자의 마음으로 뒤돌아보지 말고 고향으로 향하라. 처절한 메아리로 귓가를 때렸다.

여인은 좀 더 냉정해지고자 하였다. 반석 위에 앉은 채 머리를 감싸 쥐었다. 이 나라는 멸망하였다. 나는 장군에게서 놓여나 자유의 몸이 되었다. 기쁨으로 출렁이는 가슴을 안고 고향으로 달려가자. 여인은 벌떡 몸을 일으켰다. 강물을 뛰어 넘으면 한 달음에 부모의 품에 안길 것이다. 여인은 불길에 휩싸인 궁궐을 돌아보았다. 불길은 점점 이쪽으로 번져 왔다. 부채질하듯 아우성소리, 비명소리, 피비린내가 바람을 타고 여인의 옷깃을 휘감았다. 그와 함께 먼동이 터 오기 시작하였다. 여인은 그 속에서 장군을 찾았다. 마지막으로 장군의 얼굴을 보고 싶었다. 칼을 치켜든 장군의 목소리가 가슴을 내리쳤다. 뒤돌아보지 말고 강을 건너 고향으로 가라. 아우성소리에 묻히는 그 목소리가 너무나 처절하고 참담하였다. 넉넉하기만 하던 그 풍모는 어디로 갔는가?

장군이시여, 장군이시여! 여인은 울부짖듯 장군을 불렀다. 차마 장군의 그 처절한 모습을 바라볼 수 없어 목이 메었다. 여인은 순간 선혈로 점 찍혀 있는 속치마를 머리에 뒤집어썼다. 등 뒤에서 화살처럼 한 무더기 매서운 바람이 불어쳤다. 여인은 바람에 불리는 꽃잎처럼 강물에 몸을 던졌다. 아침 해가 먹장구름 사이로 떠올랐다.

그러나 그녀로 하여 신기루 현상을 불러일으켰던 낙화암은 잠시 나의 기억 속에서 떠났다. 바쁘게 질주하는 삶의 공간 속에서 낙화암은 미라로 잠든 것이다. 그런데 한 통화의 전화로 다시금 그녀의 실체가 떠들려졌다. 과거의 역사 속에서 또 다른 신기루 현상을 일으킨 것인데, 이유야 어떻든 나를 곤혹스럽게 하였다.

"전화를 드린 것은 단순한 실족사가 아니라는 것입니다. 무엇하면 한 번 만나 뵈었으면 하구요."

담당형사라고 자신을 소개한 그의 말씨는 가라앉아 있었다. 어떻게 나의 주소며 전화번호를 알았을까? 나는 한 가닥 의구심을 떨쳐버리지 못한 채 그를 맞았다.

"저의 주소를 어떻게 아셨는지요?"

"바로 이겁니다."

담당형사는 사각봉투를 꺼내 보였다. 그 봉투는 그녀에게 사진을 동봉해 보낸 것이었다. 사각봉투 안에는 그때 낙화암에서 찍어준 그녀의 사진이 들어 있었다. 수줍은 듯한 태깔 고운 표정에서 그날의 대화가 생각났다.

"저는 잊고 있었습니다. 그리고 지금까지 중국으로 돌아가지 않고 있었다니 의외입니다. 단순한 실족사가 아니라고 하셨는데……."

"아파트 13층에서 뛰어 내렸어요. 그런데 자살로 보기에는 미심쩍어서요."

"자살을 위장한 타살일 수도 있다는 말씀이시군요."

"자살로 처리하면 그뿐인데, 그렇게 마무리하기에는 왠지 동정이 가서요. 더구나 국제적인 성격인지라……."

"저는 도무지 영문을 모르겠습니다."

"낙화암까지 함께 가서 사진을 찍어 준 사이가 아닌가요?"

"아닙니다. 그날 우연스레 만났고, 그녀의 간청으로 기념사진을 카메라에 담아 준 것입니다."

"믿어도 될까요?"

"정말입니다. 그리고 사진을 보낸 그날로 그녀의 존재를 잊었구요."

"그렇다면 낭패인데……. 저는 솔직히 선생께서 그녀에 대한 그 무엇인가를 알고 있을 거라는 기대감을 은근히 가지고 왔습니다. 무슨 대화를 나누셨는지요?"

"도움이 될 만한 대화는 없었어요. 낙화암을 찾은 이유랄까, 그런 대화였어요."

"구체적으로 들려주시죠."

"그녀의 조상께서 백제가 멸망할 때 당나라로 잡혀가게 되었고, 그 조상을 사랑하는 여인이 낙화암에서 몸을 던졌다는, 허구가 다분한 이야기였어요."

"13층 아파트에서 투신한 여자가 낙화암에서 몸을 던진 역사 속의 여인의 후예라……?"

담당형사는 난망한 얼굴로 잠시 생각에 잠겼다.

"그녀 말로는 관광여행이나 불법체류자가 아니라고 하였는데, 그녀가 한국에 온 진짜 이유는 무엇이었습니까?"

"사람을 찾으러 왔습니다. 그것도 사랑하는 사람을요."

담당형사는 자세를 바로 하며 그녀가 사랑하는 사람을 만나게 된 사연을 간략하게 들려주었다.

그가 들어섰을 때, 퍽이나 지쳐 보였다. 자장면 한 그릇. 그는 만사가 귀찮다는 투로 음식을 주문하였다. 그녀는 왠지 측은한 마음이 들었다.

"남쪽에서 오셨군요?"

"그렇소."

그는 삭둑 자르듯 말하였다. 그녀 또한 더 이상은 관심을 기울이지 않았다. 그런데 이상한 일이었다. 주문한 자장면을 식탁 위에 내려놓는 순간 가슴 한쪽이 파르르 떨렸다. 그녀는 흠칫 얼굴을 붉히며 돌아섰다. 지금까지 수많은 손님들을 대하였지만 이런 일은 처음이었다.

그는 그 후로 점심때만 되면 어김없이 찾아와 간단한 면류를 시켰다. 보아하니 아침과 점심을 그렇게 때우는가 싶었다. 시간은 지천으로 널려 있다는 듯 면발 하나하나를 세듯 하며 천천히 들었다. 어쩔 때는 자장면 한 그릇을 드는 데 두 시간을 넘겼다.

"저 사람, 아무래도 이상하다. 저럴 때는 완전히 넋이 나간 것 같기도 하고……."

주방장으로 일하는 사촌오빠는 그를 바라보며 고개를 갸웃하였다. 처음에는 남한에서 왔다니까 호기심 어린 눈으로 바라보더니 실어증환자처럼 말도 없이 자장면이나 우동을 시켜 먹는 그에게 사촌오빠는 점차 관심이 멀어졌다. 그러나 그녀는 정반대였다. 처음 그를 보았을 때 느꼈던 감정이 이제는 쓸쓸함과 외로움, 나아가 세상을 놓아버린 듯한 눈빛으로 전이되어 알 수 없는 연민을 불러일으켰다.

"육수 더 드릴까요?"

"……고맙소."

그녀는 그의 짧막한 대답을 무심히 들어 넘기지 않았다. 무슨 일을 하다 저런 모습으로 이곳에 왔을까? 더러 사업에 실패하고 도망치듯 중국으로 흘러들어 와 사기를 치는가 하면, 사장 행세를 하며 실속 없이 거들먹거리는 부류들이 있었지만 그는 또 다른 면모를 지니고 있었다. 그렇던 그가 모습을 보이지 않았다. 그녀는 은근히 기다렸다.

"그 사람 어디로 사라진 거야? 이제는 우동 한 그릇 사 먹을 돈도 없는가 보지?"

사촌오빠도 비죽이 웃음을 지었다. 그녀는 하루 이틀 지날수록 처음 그를 보았을 때 미세하게 떨렸던 감정의 파고가 점점 도드라지는 것을 느꼈다. 고국으로 돌아갔을까? 아니면 다른 곳으로 옮겨갔을까? 그를 다시 본 것은 시장 골목길이었다. 복작거리는 인파 속에서 어깨를 부딪친 것이다. 하마터면 소리를 지를 뻔하였다.

"어쩜, 누군가 했어요."

그녀는 까닭 모르게 반가웠다.

"장 보러 오셨나 보군요."

그는 무심한, 황량하기 그지없는 눈길로 인사를 받았다.

"요즘은 우리 식당에 통 오시지 않아 어디 가셨는가 했어요."

"자장면 한 그릇으로 뱃속을 채우는 제가 그렇게 관심 있었나요?"

"말이라고 하세요?"

"그렇담 또 들르도록 하죠."

그는 입가에 엷은 웃음을 지펴물며 멀어져 갔다. 그러나 그는 찾아오지 않았다. 두 번째 시장골목에서 그를 만났을 때, 그녀는 용기를 내어 그의 뒤를 미행하였다. 거지꼴도 아니고, 그렇다고 허세를 부리는 그런 부류도 아니고, 아무튼 그의 실체가 궁금하였다. 그는 시장바닥을 누비며 약초 따위를 샀다. 그것도 몇 푼 되지 않은 소량이었다. 아마 그날 주머니에 들어 있는 돈을 털어 사 모으는가 보았다. 네 번째인가 그를 미행한 끝에 그릇 집에서 일당벌이 배달을 한다는 것을 알았고, 일당을 받을 때마다 약초를 사 모은다는 사실을 알았다. 그녀는 그의 생활이 이해가 되지 않았다. 그러면서도 처음 그를 보고 느꼈던 미세한 감정을 떨칠 수가 없었다. 어느 날 저녁, 마음을 크게 먹고 그를 찾아갔다. 그는 그릇 집 창고, 그릇을 쌓아놓은 비좁은 공간에서 웅크리듯 지새우고 있었다.

"여기를 어떻게 알고……?"

그는 놀란 경계의 눈으로 그녀를 돌아보았다. 창고 안은 약초냄새로 가득하였다.

"우연히 뒤따라오게 되었어요. 언짢게 생각 마시고 이걸 좀 드세요."

그녀는 미리 싸 들고 온 술과 안주를 내려놓았다.

"우연치고는 과분하군요."

그는 내칠 수 없다는 듯 음식을 받았다.

"어디서 약초냄새가 나죠?"

그는 말없이 독뚜껑을 열어 보였다. 그 안에는 그동안 사모았던 종류도 다양한 약초가 들어 있었다. 그녀는 그가 그릇 집을 선택한 이유를 알 것 같았다. 약초를 숨기고 보관하기에는 더없이 좋을 것이었다. 그녀는 그가 어떤 표정을 짓든 개의치 않고 사나흘 걸러 그릇집 창고를 찾았다.

"나를 더 이상 귀찮게 하지 마시오."

한 달여가 지났을 때 그의 말속에는 차가운 기류가 많이 가셨다.

"약초를 언제까지 사 모으실 건가요?"

"고국에 돌아갈 때까지요."

그의 대답은 간단명료하였다. 그녀는 세월을 기다릴 줄 아는 그 마음이 한편으로는 안쓰러웠다. 도대체 무슨 일로 이곳까지 와서 저 고생을 하는 걸까?

"혹시 낙화암을 아세요?"

"뭐요? 부여 낙화암 말이오?"

어느 날 그녀의 느닷없는 질문에 그는 눈을 휘둥그렇게 떴다.

"왜 그렇게 놀라세요?"

"우리가 즐겨 부르는 유행가를 말하는 거요?"

"아니에요. 우리의 먼 조상이 그곳에서 이곳으로 끌려왔어요."

"그렇다면 백제의 후손?"

"네. 전설 같지만 맞아요."

그녀는 가계로부터 전해 내려오는 이야기를 들려주었다.

"너무 황당하잖소?"

"전혀 그렇지 않아요. 우리 집안은 대대로 백제가 멸망하던 날을 기리며 강물에 몸을 던진 혼백을 제사 지내요."

"백제의 유민이라……? 이건 놀라운 사실이오."

"우리는 그렇게 살아왔어요."

"그곳을 가보고 싶으시오?"

"저의 아버지도, 할아버지도, 할아버지의 할아버지도 꼭 한번 가보고 싶어 하셨는데, 갈 수가 없었어요."

"지금은 사정이 다르지 않소."

"조상들을 대신해서 제가 갈 수 있다면 여한이 없겠어요."

그녀는 처음 그를 보았을 때 느꼈던 떨리는 가슴으로 그의 품에 머리를 묻었다.

"그러니까, 사랑하는 사람의 주선으로 낙화암을 찾게 되었군요."

나는 아릿한 무엇인가가 치밀어 올랐다. 신기루처럼 그녀의 모습이 떠올랐기 때문이었다.

"그런 게 아니고……."

담당 형사는 살풋 머리를 저었다. 그는 그녀와 삼 년 동안 동거 아닌 동거생활을 하면서 그동안 모아두었던 약초를 가지고 고국으로 돌아왔다. 그녀는 함께 가고 싶어 하였으나 나라 안의 사정을 보아가면서 연락하겠다고 굳게 약속하고 혼자 돌아갔다. 그녀는 그의 말을 철석같이 믿었다. 약속한 대로 그는 고국에 돌아오자마자 한 밑천 든든하게 챙겼다면서 그녀를 위한 비자와 여권을 보내왔다. 그녀는 뛸 듯이 기뻐하며 설레는 마음으로 그에게 달려왔다.

"그렇다면 사랑하는 사람과 낙화암을 찾았어야지요."

"바로 그겁니다. 그녀를 맞은 사내는 낙화암을 가기로 한 전날 전화를 받고 황급히 집을 나섰어요."

"그녀가 13층 아파트에서 뛰어내린 사연이 거기서 비롯됩니까?"

"예리하십니다. 헌데 유감스럽게도 거기에 대한 명쾌한 해답을 찾지 못하였다는 겁니다. 어쨌든 만나 뵙게 되어 반갑습니다. 또 연락하겠습니다."

담당형사는 손을 내밀었다. 나는 조금은 싱거운 기분으로 현관까지 배웅하였다. 담당형사로부터 전화가 온 것은 그로부터 일주일 뒤였다. 의외의 사건 속에서 의문이 풀렸다는 것이다.

"전화를 받고 황급히 집을 나선 사내는 그 길로 다시 중국으로 건너갔어요. 그와 거래를 텄던 거간꾼이 은신처가 노출되었으니 빨리 중국으로 도피하라는 연락을 한 겁니다. 그리고 그녀의 사촌오빠가 전해 온 소식은 너무나 충격적이었어요. 그는 마약 밀매자로 붙들려 도망치다 총살을 당했다는 거예요."

"지금까지의 정황으로 봐서 마약을 거래할 사람이 아니지 않습니까."

"아닙니다. 중국에서 도피생활을 한 것도 마약 밀매자로 지명수배 되었기 때문이었습니다. 상당히 오랫동안 중국에서 숨어 지낸 것이지요."

"그 충격을 이겨낼 수 없었던 그녀의 죽음이 너무나 가슴 아픕니다."

나는 낙화암 석양낙조 속에서 신기루 현상을 일으켰던 그녀의 모습을 다시금 떠올리며 명복을 빌었다.

바람의 눈빛

산사로 오르는 길은 꽤나 힘들었다. 더구나 봄장마로 군데군데 유실된 계곡은 신발을 벗어 들고 바짓가랑이를 걷어 올린 채 건너지 않으면 안 되었다. 올해는 유난히 봄장마가 길었고 폭우성이어서 곳곳이 물난리였다. 하지만 사람의 발길이 오가는 관광지라든가 모둠 부락이 자리 잡고 있었다면 벌써 복구의 손길이 와 닿았을 것인데, 아무래도 버려진 듯한 암자인지라 여지껏 무심한 계곡물이 넘쳐흐르고 있었다.

가보면 알 게요. 경관이 아주 수려하고 조용하여 가히 신선의 경지를 느낄 것이오. 가까우면서도 먼 듯한 정취. 사람들은 그 점을 몰라요. 여해 스님의 차분하게 일러준 소개의 말이 아니더라도 봄장마로 유실된 산길과는 달리 붉게 피어난 철쭉꽃이며, 군락을 이룬 소나무와 동백나무, 그리고 잡목들이 한데 어우러져 그윽한 향기를 안고 있었다. 그 위에 산

새들의 지저귐과 바위 등성이를 타고 넘는 다람쥐가 정겨움을 더하였다. 계절 따라 산 빛은 다를 것이나 산세가 아우르는 그 정기는 변함이 없으리라.

두어 번 계곡 웅덩이 물로 이마의 땀방울을 훔친 뒤에야 암자에 이르렀다. 오랜 침묵을 가두어 놓은 대문을 열었다. 여해 스님 말대로 암자는 비어 있었다. 켜켜로 쌓인 침묵의 두께가 봄눈처럼 흩어졌다. 그와 함께 묵혀진 밭처럼 억새며 쑥대궁이가 무릎께로 다가왔다. 한심스러운 전경이었다. 법당 앞까지 놓인 디딤돌은 우거진 수풀더미에 묻혀 있었고, 샘가 주위로 조성된 채전밭은 더욱 가관이었다. 조심스럽게 수풀을 헤치고 마당을 가로질렀다. 말이 암자이지, 어느 산골 여염집을 방불케 하였다. 다행스럽게도 비바람이 들이치는 것을 막기 위해 마루에 유리문을 달았다. 겨울에는 너끈히 추위를 막아주지 싶었다.

조심스럽게 유리문을 열었다. 찌그덕 침묵을 으깨며 그간의 세월을 열어 보였다. 마루에는 먼지가 뿌옇게 내려앉아 있었고, 쥐똥이 널브러져 있었다. 부처님을 모셔놓은 가운데 방은 법당으로 사용하고 있었고, 우물이 내다보이는 오른쪽은 부엌방이 딸린 공양간이었고, 왼쪽은 큰방이었다. 그리고 부엌과 편리하게 오고 갈 수 있게끔 법당 앞에 마루를 깔아 놓왔다.

어깨를 누지른 배낭을 내려놓고 무릎걸음으로 살며시 법당 문을 열었다. 자그마한 부처님이 조는 듯 무심한 눈길로 반겼다. 온돌을 놓은 법당도 먼지가 수북하였다. 부엌은 거미집으로 들어차 있었다. 갑자기 심란한 마음이 들었다. 암담한 기분이었다. 그냥 내려가 버려? 마음을 다잡지 못하고 무릎걸음으로 돌아서자 눈앞에 수평선으로 이어지는 바다가 한눈에 들어왔다. 그곳에서 한 철만 나면 마음이 달라질 거요. 그래, 이거야! 여해 스님의 말이 구렁이처럼 바짓가랑이를 타고 오르면서 심란한 마음을 가라앉혔다. 우선 청소부터 하자. 마음을 다잡자 신발을 신은 채 사방 문을 열어 제치고 환기부터 시켰다. 법당이고 큰방이고 부엌방이고 구석구석 곰팡내가 풍겼다. 장롱 안의 이부자리와 방석 따위는 곰팡내를 풍기면서도 깔끔하게 주인을 기다리고 있었고, 뒤울안에는 땔감으로 쓰일 장작이 가지런히 쌓여 있었다. 장작을 패다 만 도끼날은 장작등걸에 박힌 채 시뻘겋게 녹이 슬어 있었고, 수각통의 물은 시원스럽게 넘쳐흘렀다. 탁 트인 바다와 시린 샘물만으로도 외로움을 덜 것 같았다.

이불을 내다 거풍을 하고 먼지를 쓸어 낸 다음 정성껏 암자를 닦아냈다. 자고로 사람은 마음먹기에 달린 거야. 서너

번 걸레질을 하고 났을 때 법당과 방 안이 제 모습을 드러냈다. 한 차례 샘물을 둘러쓰고 나서 촛불을 켜고 향을 사른 다음 부처님께 삼배를 올리며 신고식을 하였다. 이제부터는 오로지 부처님만이 나의 행동과 사고를 아실 것이고, 이해할 것이었다. 신고식을 마치고 아궁이 앞에 쪼그리고 앉아 불을 지폈다. 다소 청승맞다고나 할까, 매캐한 연기가 두 눈을 따갑게 싸안을 때마다 혼자라는 현실을 물큰 깨물었다.

솥 안의 물이 김을 내뿜는 것을 보고 밖으로 나왔다. 뒤울안 처마 끝에 매달린 굴뚝에서 연기가 피어올랐다. 마치 암자 자체가 망망대해에서 구조를 바라는 난파선만 같았다. 등대불은 보이지 않는다. 오직 혼자 헤쳐 나갈 뿐이다. 주춤거리며 한쪽에 외로이 버려진 산신각까지 마저 청소를 하고 방바닥에 네 활개를 폈다. 구들장에 온기가 지펴나면서 스멀스멀 피로가 덮쳐눌렀다. 지그시 두 눈을 감았다. 그리고 자신도 모르게 잠이 들었다.

분명 무슨 소리가 들렸다. 새의 날갯짓도 아니었고, 처마 끝에 매달린 풍경소리도 아니었다. 살가운 인기척 소리는 더욱 아니었다. 잔뜩 적의를 드리운 듯한, 그러면서도 회한이 깃든 아주 조심스러운 소리였다. 뭘까? 부스스 잠결에서 깨어나며 주위를 살폈다. 적의를 드리운 움직임의 양태라면 개

개풀어지고 늘어진 무방비 상태에 놓여 있는 상대를 공격하기에 알맞을 것이다. 더구나 이쪽은 저편을 전혀 알아볼 수 없는 혼몽한 육신이 아닌가. 그러나 소리의 움직임은 더 이상 없었다. 아주 가까운 거리에서 포복이라도 하고서 숨죽이고 있을 법한데 미동도 하지 않았다. 그 사이 자세를 가다듬고 전열을 추슬렀다. 만반의 방어태세를 갖추고 신경을 곤두세웠다. 상대는 그러한 행동 하나하나를 침묵을 지키고서 노려보지 싶었다. 이쪽에서도 자세를 바로 한 채 목석처럼 숨을 죽였다. 인내의 겨룸이 시작되었다. 어떤 생명체인지는 모르나, 달갑지 않은 낯선 방문객을 시험하고 있으리라. 어쩌면 상대는 지금까지 이 성채에서 아무런 장애를 받지 않고 자유를 누렸는지도 몰랐다. 그러고 보면 엄연히 이쪽이 침입자다. 굴러온 돌이 박힌 돌을 뽑는다고, 이제까지 누려온 영역을 침범한 것이다. 상대는 거기에 못마땅해하고 분노한 나머지 응징의 대가를 치르고자 하는지 모른다.

그렇게 생각하자 이쪽에서 조급증이 났다. 인내의 한계를 무너뜨리고 상대와 정면으로 맞닥뜨리고 싶었다. 그리고 화해의 손길을 내밀고 싶었다. 이제부터는 서로의 외로움을 나누어 가지며 공생공존하자고. 그래서 따뜻한 숨결을 느끼자고. 그렇게 마음을 정하자 더는 기싸움을 하고 싶지 않았다.

경계의 태세를 늦추지 않으며 천천히 자리에서 일어나 마루를 내려섰다. 그래도 상대는 죽은 듯 침묵을 지켰다. 어디선가 적의가 뻗쳐나는데도 도무지 가늠할 수 없었다. 상대를 알아야 싸우든지 화해를 하든지 하지. 보이지 않는 적이 가장 두렵다고 하던가? 그러나 상대는 끝내 모습을 보이지 않았다. 비겁하고 음흉하다고 말하지는 않겠다. 언제라도 좋으니 유리하다 싶을 때 마주쳐 나오라. 마음속으로 한마디 내뱉고 해를 가늠하였다.

해는 서산 너머로 기울고 있었다. 시원스럽게 널려진 바다는 노을로 붉게 물들었다. 하늘과 바다가 하나로 어우러진 정경을 바라보자 지금까지 긴장 속에서 대립각을 세웠던 보이지 않는 상대로부터 놓여났다. 한동안 넋을 잃고 바라보다 말고 한 끼의 밥을 생각하였다. 그러자 배가 고팠다. 부엌에 들어 쌀독을 열어보았다. 고맙게도 묵은 쌀일망정 몇 바가지 들어 있었다. 된장독과 간장독에도 반나마 채워져 있었다. 된장 냄새가 새삼 어머니의 손맛을 생각나게 하였다. 된장 두부찌개, 도다리쑥국, 된장 장아찌 등등. 어머니의 손끝에서 빚어지는 된장국은 늘상 입맛을 돋우었다. 쌀을 씻어 아직도 김을 게워내고 있는 솥에 안쳤다. 그리고 가져온 멸치와 참치 통조림을 넣고 된장찌개를 끓였다. 아궁이의 이글거리는 숯불은 된장찌개의 구수함을 더해 주었다. 촛불을 켜고 찻상을 끌어 당겨 저녁을 차렸다. 너무나 조촐한 저녁상이었다.

저녁을 들고 마루에 나앉아 밤바다를 내려다보았다. 별들이 쏟아져 내리기 시작하였다. 별을 벗 삼아 한잔의 차를 들까 하다가 아무래도 한잔 술이 더 운치 있을 것 같아 배낭에서 술병을 꺼냈다. 떠나올 때 친구 녀석이 싫다는데도 막무가내 배낭 속에 쑤셔 넣어 주었다. 마음 단단히 잡고 사양지심을 발휘하는가 본데 무엇보다 요게 마음을 덥혀 줄 게다. 외로운 정신과 육신을 보약처럼 다스려 줄 거야. 암, 산중의 명약이고말고. 친구 녀석의 말은 하루도 지나지 않아 현실로 다가온 셈이었다. 부처님도 이 기분을 헤아려 주실 것이다. 술잔 속에 꼬리빛을 길게 내지르면서 별똥별이 떨어졌다. 행여 별똥별을 놓칠세라 선녀의 웃음을 삼키듯 입안 가득 술잔을 털어 넣었다. 목울대를 타고 넘어가는 짜릿한 자극. 별똥별이 하늘을 가로지르면 소원을 빌라고 하였던가. 가만있자, 내 소원은 무엇일까? 내 소원은…….

두 잔째 술잔을 비우고 술병을 닫았다. 아껴 마셔야 한다. 이것이야말로 산중의 명약이라구. 친구 녀석의 말을 따르기로 한 것이다. 온몸 구석구석 번지는 술기운을 지그시 누지르며 바다에 쏟아져 내리는 별들을 헤아렸다. 저 별들은 백팔번

뇌를 상징하는 백팔 염주다. 번뇌 하나하나를 헤아리며 바다 속에 잠재우자. 하나, 둘, 셋, 넷……. 두 눈을 감은 채 별들을 헤아려 나갔다. 그때마다 별들은 반짝 빛을 발하며 청정한 바다 속에 잠들었다. 그와 동시에 무상무념의 경계로 나아갔다. 이상한 일이었다. 어제까지만 하더라도 아무리 정신을 집중시켜도 하나로 통일되지 않았다. 망상이랄 놈이 비집고 들어서며 무수한 잡념이 얽혀들었다. 그런데 아무런 준비도 없이 무념의 경지로 나아가다니. 백팔 개의 별들을 바다 속에 잠재웠을 때 한 무더기 바람이 의식을 일깨웠다.

그 바람 속에 해거름에 느꼈던 적의가 묻어났다. 소리 없이 다가온 냉기류. 도대체 그 정체는 무엇인가? 눈을 부릅뜨고 어둠으로 둘러친 사위를 둘러보았다. 여전히 모습을 드러내지 않았다. 납작 엎드려 숨을 죽인 채 이쪽의 동향을 예리한 눈빛으로 주시하고 있을 터였다. 불쾌한 상대였다. 어디까지나 침입자로 매도하는 듯한 적의와 회한으로 가득한 눈초리. 아니다. 내버려두자. 저런 상대가 있다는 것도 이쪽의 존재를 극명하게 확인시켜 주는 촉매제일 수 있다. 살기마저 띤 적대감도 시간이 지나면 친숙해질 것이고, 그러다 보면 어느 사이에 화해의 눈빛으로 바뀔 것이다. 적과의 공유. 그것은 서로를 의식하고 견제하는 생동감 내지 활력소를 줄 것이다. 긴장감이 오래 지속될수록 서로의 존재의식은 팽만할 것이다.

보이지 않는 적과의 대립각은 오늘의 일만은 아니었다. 이곳으로 등 떠밀리다시피 오게 된 동기도 거기에 있다고 해야겠다. 그렇다고 어떤 뚜렷한 대상이 부각된 것도 아니었다. 언제부터인가 주위를 둘러보았을 때, 촉수 날카로운 적들이 어둠 속 맹수의 눈빛처럼 번득였다. 그 눈빛은 때로는 날카로운 비숫날로, 사나운 이빨로 심장을 찌를 것 같았고, 갈기갈기 육신을 찢어발길 것 같았다. 세상은 지극히 평화롭고 정상적인데 어찌하여 갈등과 불신이 들어차 서로가 적대감을 불러일으키는 걸까? 적개심을 조장하는 뚜렷한 동기도, 원한도 없는데 사방팔방 거미줄을 치듯 적대감으로 가득 차 있었다. 언론은 그 점을 더욱 부풀리고 부화시키는가 하면, 덩달아 정치, 사회 전반이 장단을 치며 불꽃을 일으켰다.

자네는 매사가 너무 예민해서 탈이야. 무임승차라는 것도 있지 않나. 세상이 그러려니 하고 더불어 어울려 사는 거라구. 삶 자체가 아옹다옹 물어뜯고 다투며 상생하지 않는가. 불신과 적대감의 원인을 구태여 찾을 필요는 없네. 끼리끼리 놀아나는 가운데 자기 위치를 확보하고, 상대와는 주위의 눈치를 보아가며 적당히 타협하는 걸세. 가장 가까운 실례가 남녀 간의 결혼 아닌가. 아, 참. 자네는 아직도 숫총각이나 다름없지. 마흔 나이가 되도록 총각 딱지를 떼지 못하였다면 삼척동자도 웃을 일이지. 세상은 말일세. 포르노로 넘쳐나지 않는가. 그렇다고 숙맥이라든가, 병신 축에 든다고는 하지 않겠네. 자네는 감수성이 예민하고 이지적이지 않는가. 어찌 보면 예술성이 풍부해. 하여간 세상과 비릿하게 타협하며 속물근성으로 살아봐. 그게 주위의 적들을 물리칠 수 있는 최대의 무기야.

남녀 간의 결혼이 그걸 단적으로 말해 주네. 말이야 바로 하네만, 오늘날 진정한 순애보로 맺어진 사랑이 어디 있는가. 서로서로 자신들의 이익을 위하여 적당한 선에서 눈감아 주고, 이해하는 척하며 사랑이라는 이름으로 가정을 꾸리지 않는가. 어찌 생각하면 제일로 예민하고 살가운 적인데도 적이라는 개념을 침대 밑에 묻어두고서 공존을 꾀하지 않는가. 그게 세상의 단면이자, 본래면목일세. 침대 위에서 발가벗고 영혼과 육신을 합일하는 부부 사이가 어째서 원초적인 적이냐고? 그래서 자네는 순진하다는 거네. 자네 주위에 부부 관계를 청산하고 남남으로 돌아서는 사람들이 얼마인가? 세 사람 가운데 한 사람 꼴이지 않는가. 그렇게 돌아선 사람들을 보게

나. 어제까지만 해도 누구보다도 가까웠던 두 사람이 돌아서자마자 쌍권총을 뽑아 들지 않는가. 석양의 건맨들처럼 가차없이 상대를 향하여 방아쇠를 당기네.

그런대로 대화가 통한다 싶은 선배의 말이 아니더라도 보이지 않는 적들을 의식하면 자신도 모르게 공포감이 들어 오스스 몸을 낮추었다. 주위에서는 그 점을 들어 사회에 적응하지 못한 자격 미달의 존재라고 일방적으로 재단하였다. 그들은 상대를 조금치도 배려하거나 이해하지 않는 재단사였다. 그리고 그렇게 한번 재단해 버리면 치마폭의 넓이로 그 사람을 매김해 버렸다. 사람들은 자신들이 재단한 잣대를 들어 보이며 대단히 현명하다고 자부한다. 맺고 끊는 점이 분명하다고. 하지만 상대는 그 평가가 날카로운 비숫날이라는 것을 모른다. 상처를 아물게 하는 수술용 칼이 아니라 상처를 더 깊게 하는 것인 줄 모른다. 그들은 양심의 가책도, 배려심도 아랑곳하지 않는 가운데 상대는 더욱 위축되어 상처를 안고 산다. 그렇게 왕따가 생겨나고 삶의 낙오자가 늘어난다.

제대를 하고 가까스로 대학을 마저 마치고 사회 일선에 나섰을 때, 엄청난 괴리감을 느끼지 않을 수 없었다. 남들은 저만큼 앞서 가는데 한없이 뒤처져 있었다. 들어가는 문은 좁아 미어터지는 속에 자신은 맨 뒤에서 열패감을 안고 있었다.

주위의 벗들, 심지어는 형제자매까지도 경쟁자들이었고, 질시의 대상이었다. 누군가를 밟고 올라서지 않으면 안 되었다. 겨우 자리 하나를 비집고 들어서 차지하면, 축하한다, 그 말 한마디와 힘주어 마주 잡은 악수, 그 기류 속에는 무한경쟁의 선전포고가 담겨 있었다. 너는 타겟이야. 언젠가는 과녁의 중심에 화살을 꽂을 거야. 그러면 나는 승리자가 되고, 너는 심장을 부여안고 울부짖는 패배자로 나가떨어지겠지. 그 같은 비릿하고 음흉한 웃음은 일상의 가면 뒤에 숨겨져 있었다.

또 다른 곳으로 자리를 옮겼어? 그 한마디는 무엇을 말하는가? 알게 모르게 패배자의 대열로 서게 한다. 세상 인심은 참으로 얄궂어 한번 황소 뿔에 받히면 일으켜 세우려고 하지 않는다. 오히려 더욱 집요하게 짓밟는다. 기사회생이라는 어원 자체도 따지고 보면 다분히 인정주의에 불과한, 표피적인 동정심의 무엇이다. 한번 상처를 입으면 치유 불가능하게 내몬다. 그렇다고 강제성을 띠거나 드러내놓고 매장시키지는 않는다. 본인 스스로 궁지에 내몰린 쥐처럼 지능적으로 열외자의 대열에 서게끔 한다. 그렇게 되면 처절한 심정으로 백기를 들고 뒤로 나앉을 수밖에 없다. 그렇게 이유 없이 내몰리다가 여기까지 왔다. 학생운동의 전력은 어정쩡하게 춘투의 대열에 들어서게 하였고, 결국 실업자의 반열로 들어서게 하였다. 정신병동에 갇혀 지내야 할 인간 낙오자, 실어증과도 같은 몇 년 세월을 견디다 못해 최후의 귀착지라 생각하고 이 곳에 이르렀다.

그런데 보이지 않는 적은 여기에도 숨 쉬고 있었다. 그래, 좋다. 이제 더 이상 물러날 곳도, 움츠릴 공간도 없다. 백척간두에 선 최후의 마지노선이다. 보이지 않는 적과의 대립각 내지 공존을 위해서는 허약함을 내보여서는 안 된다. 그러자면 나만의 공간을 확보해야 한다. 일국의 장수가 싸움터에 나가 성을 쌓고 방비를 튼실히 하듯이, 나만의 성채를 쌓아야 한다. 이곳이야말로 최후의 보루로서 나만의 성채요, 공간이 아닐 수 없다. 보다 분명히 성채를 정비할 필요가 있다. 마당의 풀부터 제거하자.

다음 날, 동쪽 울타리 밑에서부터 무성하게 얼크러진 마당의 풀포기를 뽑았다. 중중모리가락으로 쫓기듯 바쁘게 일하지 않아서 좋았다. 오랜만에 자발적으로 일을 한다는 즐거움이 이마에 구슬땀을 맺히게 하였다. 꼬박 열흘 걸려 마당을 정비하였다. 비로소 사람 사는 집 모양새를 하였다. 긴 여행에서 돌아온 남루한 나그네가 목욕재계하고 나서 몰라보게 변신한 모습만 같았다. 이게 나의 성채야. 흐뭇한 마음이

들었다. 내친김에 봄장마로 쓸려간 산길을 보수하기로 하였다. 길은 영원과 맞닿아 있고, 도(道)의 출발선이자 귀결점이 아닌가. 흐르는 계곡물 소리가 오를 때 들었던 음향보다 한결 친숙하게 다가왔다. 이곳의 주인 된 자의 행복감을 느꼈다. 길을 보수하는 데도 열흘 걸렸다. 이제 누구라도 마음 가볍게 오르고 내릴 수 있다. 보이지 않는 적일지라도 상관없다. 이 길을 오르게 되면 누구보다도 나의 존재를 실감하리라. 온전히 살아 있다고…….

오월의 햇살이 따사롭다. 참으로 한가롭게 햇살이 뒹군다. 따라서 내 마음도 평화롭다. 샘물이 넘쳐나는 소리, 뻐꾸기가 우는 소리, 장끼가 나는 소리가 한낮의 햇살 위에서 춤을 춘다. 수평선으로 이어지는 바다는 더없이 광활하고 짙푸르다. 배 한 척이 한가롭게 수평선으로 향하고 있다. 이때 말벌 한 마리가 날아든 것은 하나의 사건이었다. 출렁, 고요롭게 널려진 평화로운 햇살을 흔들었다. 말벌쯤이야 침입자일 수 없지. 지나치는 손객이거나 그저 그런 손님일 수 있지. 멀뚱한 눈으로 말벌을 좇았다. 말벌은 활짝 열려진 법당과 방과 마루와 부엌을 한 바퀴 돌아보고 나서 휭하니 사라졌다. 그러면 그렇지. 지나치는 손객일 뿐이야. 가벼운 기분으로 마루에 네 활개를 폈다.

마당을 정비하고부터 실체를 드러내지 않는 적은 낮 동안은 적의의 눈빛을 감추었다. 밤이 으슥할 때만 한차례 동정을 살피듯 나타나고는 하였다. 그리고 시간이 흐를수록 적의의 눈빛은 점점 별빛을 닮아갔다. 적의보다는 외로움을 덜 수 있는 동반자적 공존의식을 다분히 지니고 있었다. 그렇다고 안심하거나 방심할 수는 없을 터였다. 그것도 전술상의 하나인지도 몰랐다. 가장 두렵고 경계해야 할 것은 방심이었다. 방심은 화를 부르기 마련이다. 그리고 한없는 나태로 이어진다. 적은 그 점을 노리는지도 모른다. 이쪽에서도 상대의 심중을 어느 정도 읽고 있기에 허허실실전법을 쓸 수밖에 없다. 방심한 듯한 행동 속에 경계심을 누그러뜨려서는 안 된다. 어쨌거나, 상대의 실체를 확인하는 게 무엇보다 중요하다. 이쪽에서는 발가벗은 상태로 일거수일투족 노출되어 있는데, 아직도 상대가 누구인지 모르지 않는가. 그렇게 보이지 않는 적과의 줄다리기가 한창일 때, 말벌은 성채를 비집고 들어섰다.

말벌은 한번 정찰하다시피 집안 구석구석을 돌아보고 사라진 그다음 날 또다시 찾아왔다. 이번에는 날아들자마자 마루 위 평방 한 귀퉁이에 한동안 눌러붙어 있었다. 바로 문지방 위였다. 무엇을 하는지 내버려둘 수밖에 없었다. 한 시간여 동안 간간이 날갯짓을 하며 앉아 있더니 훌쩍 날아갔다.

싱겁긴. 웃음을 말아 올렸는데, 다음 날은 그게 아니었다. 그 시간이 되자 다시 나타나 어제 그 자리에서 한동안 맴돌다가 훌쩍 날아가더니 얼마 있다가 또다시 날아왔다. 그 같은 반복을 서너 차례 하였다. 무슨 꿍꿍이속으로 이런다지? 호기심 반 경계심 반으로 추리력을 발휘하였다. 얼른 풀리지 않았다. 더구나 말벌에 대한 생리 따위는 전혀 문외한이지 않은가. 말벌에 잘못 쏘이면 치명적이라는 막연한 지식만을 얻어들은 터라 잘못 건드리지나 않을까, 몸을 사렸다.

셋째 날은 더욱 가관이었다. 이번에는 한 마리가 더 거들었다. 한 마리가 머물다 날아가면 다른 한 마리가 날아와 한참을 뜸 들였다. 어허, 녀석들이 허락도 받지 않고 무단침입하여 집을 짓는 것 아니야? 예감은 적중하였다. 닷새가 지나자 콩알 크기만 한 혹 같은 것이 당당하게 매달려 있었다. 난망하였다. 강남의 제비가 처마 밑에 집을 짓는 것과는 본질적으로 다르지 않은가. 이 녀석들이 남의 영토를 침범하다니. 이것은 분명 불법이요, 침탈이었다. 이렇게 교두보를 확보하고서 어떻게 하겠다? 아무리 생각해도 초기에 진압할 성질이었다. 거점을 확보하고 나면 어떠한 무기를 들이댈지 모른다. 저놈들은 함부로 범접할 수 없는 무기를 지니고 있음에랴. 그러나 초기 진압은 마음과는 달리 멈칫거렸다. 야박하게 강제

철거를 단행할 수 없었다. 얼마나 궁색하였으면 드넓은 산천을 놔두고 이곳을 선택하였겠는가. 그렇게 멈칫거리는 사이 말벌들은 부지런히 들락거리며 집을 부풀려 나갔다. 콩알만 하던 것이 밤톨 크기만큼 커졌고, 사과 크기에 이를 즈음에는 식구들이 늘어났다. 집이 커감에 따라 점점 식구들의 수가 많아졌다. 풋호박만큼 커졌을 때는 설핏 한 달이 지나고 일 년 중 가장 해가 길다는 하지가 돌아왔다. 이제부터 무더위가 본격적으로 시작되리라.

담장에 기대어 피어난 가시장미가 그걸 말하고 있었다. 말벌들은 더위 따위는 아랑곳하지 않고 붕붕대며 열심히 집을 부풀렸다. 새까맣게 달라붙은 말벌들을 바라볼라치면 으스스 자신도 모르게 두려움이 앞섰다. 자칫 건드리기라도 하면 한꺼번에 몰려와 기총소사처럼 벌침을 놓을 것이다. 방문을 열 때도, 신발을 신을 때도, 밖에서 돌아올 때도 조심에 조심을 더하였다. 시집살이가 따로 없었다. 이놈의 벌들. 성질 같아서는 장작불을 들이대며 호통을 치고 싶었으나, 그때마다 빈대 잡자고 초가삼간을 태운다는 옛말을 곱씹어 삼켰다.

말벌들은 그러한 심정을 아는지 모르는지 전혀 개의치 않고 부지런을 떨었다. 그와 함께 이쪽에서도 신경이 무디어졌다. 대범한 마음으로 말벌들을 지켜보았다. 방 안을 들고 날 때도 조심성이 없어졌다. 말벌 또한 그러한 행동을 괘념치 않았다. 그러자 점점 가까이 다가가면서 친밀감이 들었다. 석양 노을이 바다를 물들일 즈음에는 가만히 벌집을 건드려 보아도 아무런 내색을 하지 않았다. 성채의 주인을 알아보는 듯 하였다. 좀 더 대담하게 접근을 하여도 과민반응을 보이거나 성을 내지 않았다. 알아듣지 못할 소리로 날갯짓만 하였다. 그래, 녀석들은 나의 호위병들이다. 가장 가까운 측근일 수 있다. 너희들이야말로 실체를 알 수 없는 적으로부터 나를 보호할 능력을 위임받았다. 그렇게 생각하자 한결 마음 든든하였다.

말벌들과의 대화는 그렇게 시작되었다. 아침에 일어나면 제일 먼저 말벌들을 점호하였다. 그리고 말벌들로부터 간밤의 일을 보고 받았다. 한낮이 되면 자유자재로 밖을 드나드는 말벌들에게서 성채 밖의 동정을 들었다. 때로는 아주 어리광스럽게, 진지하게, 심각하게, 코믹하고 풍자적으로 이야기를 나누었다. 세상은 날로 변해가고, 산이 깎이고, 도로가 생겨나고, 공해가 황사바람으로 들이치고, 크고 작은 사고가 잦아질 줄 모른다고 하였다. 말벌들의 행보는 하나같이 유익한 정보를 제공해 주었으며, 한밤 서늘하게 다가오는 실체를 알 수 없는 적의 눈빛을 내쳤다. 그렇게 언제까지 숨어 있지 말고 이쪽으로 오라. 문은 언제든지 열려 있다. 말벌들의 든든한 호위를 믿기에 아무 거리낌 없이 자비로운 마음을 보냈다.

오늘은 시장을 봐 오세요. 보아하니 쌀독이 비어 있음 직하네요. 어느 날 말벌 한 마리가 날갯짓으로 말하였다. 가만히 바라보니 맨 처음 이곳을 찾아온 녀석이었다. 충복이로구나. 언제 쌀독이 빈 줄 알았더냐? 너무나 가상하고 사랑스러운 나머지 말벌을 쓰다듬어 주고 나서 바깥출입을 하기로 하였다. 성채에 안주하고 나서 바깥나들이는 처음이었다. 흐르는 계곡물은 짙푸른 녹음만큼이나 청량하게 흘러내렸다. 계곡물 소리야말로 시원(始原)을 울리는 영원한 음악이다. 그 어떤 음률도 계곡물 소리와는 벗할 수 없으니, 태고의 신비와 오늘의 역사까지 아우르며 바다로 흘러내린다. 세상의 모든 음률을 감동 어리게 한데 모아 저장하는 곳이 바다라면 계곡물은 계곡물만이 지닐 수 있는 음계로 세상을 노래한다. 아무려면 유일한 벗이자 마음을 두드리며 위로해 주는 것은 계곡물 소리이다. 천상의 소리를 그대로 담아 빚어내는 청량한 음악, 그 음악 소리에 묻혀 한밤을 지새운다.

계곡물이 빚어내는 음계를 밟아 내려가며 마을에 도착하였다. 마을은 조용하였다. 노인들만의 세상. 호수처럼 갇혀 지내는 정체된 공간. 정자나무 그늘 아래에서 노인 대여섯 분이 이마를 맞대고서 장기를 두고 있었다. 차장, 포장을 부르는데도 저 옛날 같은 훈수가 뒤따르지 않았다. 빰을 맞고서라도 훈수를 둔다는 고사가 무색하였다. 쩟, 이 사람아. 그렇게 두면 안 되는 거여. 졸을 한데 모아. 훈수를 한다는 게 고작 그랬다. 고령화 사회. 젊은 날은 어디로 갔는가? 마을 한가운데 자리 잡은 농협직판장에 들어섰다. 입구에 두 대의 트럭이 낮잠을 자고 있었다. 판매장도 한가하기는 마찬가지였다. 제일 중량이 가벼운 쌀 한 포대와 두부, 김치, 통조림 따위의 부식을 샀다. 금방 배가 부른 듯하였다.

두부라면 진저리 친 적이 있어 이곳에 오기 전까지는 입에도 대지 않았다. 학교 다니느라 자취를 할 적에는 두부만큼이나 요긴한 음식이 없었다. 배가 고플 때, 시간이 없어 밥을 차려 먹을 수 없을 때, 식량이 떨어졌을 때, 손쉽고 값싸게 한 끼의 요기를 때울 수 있는 음식은 뭐니뭐니해도 두부였다. 두부 한 모를 간장이나 고추장에 듬뿍 찍어 먹을라치면 부수적으로 따라오는 반찬새 따위는 필요하지 않았다. 두부 한 모로 허전한 배꾸레가 든든하였다. 그런데 세 번째 떠밀리듯 직장을 옮겼을 때, 마침 춘투가 일어났다. 싫건 좋건 가리고 따질 새도 없이 이마에 붉은 띠를 두르고 두 주먹을 불끈 쥐고

구호를 외치며 십자군처럼 당당하게 나아갔다. 중무장한 진압전경과 맞부딪치고, 어리숙하게도 손자병법을 제대로 숙지하지 못한 관계로 진퇴양난의 재빠른 변신을 미처 몰라 썰물처럼 빠져나간 자리에 머뭇거리다 붙들렸다. 어느 사이 최일선에 서 있었던 것이다. 곧바로 닭장차에 실려가 심문을 받고 일 년 넘게 갇혀 지내다 집행유예로 풀려나온 날, 동료들은 두부를 강제로 먹이고 발로 짓뭉개도록 하였다. 그 뒤로 두부만 보면 그때의 메쓱한 광경이 떠올라 목에서 신물이 나왔다. 그리고 우황 든 소처럼 삶에 대한 의욕을 잃었다. 세상이 회색빛이었다. 낙오자가 따로 없었다. 그런데 두부를 보자 그 옛날 자취시절의 향수가 되살아나고 어머니의 손맛이 떠올라 듬직하고 신뢰할 수 있는 밑반찬으로 다가온 것이다.

농협직판장을 나왔다. 이보게, 젊은이. 잠깐 쉬었다 가게나. 정자나무 아래에서 장기 훈수를 들고 있던 노인이 불러세웠다. 도리 없이 노인 곁으로 다가갔다. 장기를 두는 두 노인네는 힐끔 일별하고 장기판에 시선을 박았고, 나머지 노인들은 훈수보다도 나의 존재에 더 흥미를 느꼈다. 어디서 왔는가? 암자에서 왔지요. 아니, 그게 아니고……. 저는 그 이전의 공간과 시간 개념은 잊었습니다. 그게 무슨 말인고? 노인들은 갑자기 그 한마디의 대답에 어리둥절해하였다. 정신이 어떻게 된 게 아니여? 그러한 의문부호가 다분하였다.

그 암자가 왜 비어 있는지 그 내력을 알고 왔는가? 노인 한 분이 눈을 가늘게 뜨고서 심문하듯 물었다. 아닙니다. 제가 그 까닭을 알 필요가 있습니까. 허긴……. 노인은 입맛을 다시고 나서 담배를 피워 물었다. 무슨 긴한 사연이라도 들려주려는 사전 포석만 같았다. 거기에 피치 못할 사연이라도 있습니까? 암만. 그 암자에 미친년의 넋이 나타나. 암자가 빈 이유도 거기에 있어. 미친년이요? 순간 밤마다 떠도는 도깨비불처럼 인광을 번득이며 적의를 가득 담은 서늘한 눈빛을 떠올렸다. 그려. 이웃마을에 미친 처녀가 있었지. 헛간에 감금하였는데 뛰쳐나와 산으로 도망쳤어. 밤마다 암자에 나타나 정진하는 수좌승을 못살게 굴었지. 견디다 못한 수좌승이 떠나자 도깨비불로 온산을 헤맨 거야. 마을사람들이 백방으로 잡으려 해도 잡지 못하였어.

그 뒤로 그 절을 찾아드는 스님들마다 사흘을 버티지 못하고 떠난 게야. 헌데, 젊은이는 용케도 버티고 사는구먼. 그러면 그 처녀는 어찌 되었습니까? 분명 도깨비불로 일렁이는 그 눈빛은 죽은 자의 눈빛이 아니었다. 죽었는지, 살았는지 그건 아무도 모르네. 근래로 미친 처녀를 보았다는 사람은 아무도 없으니께. 산에 사는 개호랑이랄 놈이 업어 갔는지…….

비로소 처음에는 살기 어린 적의를 띠었던 그 눈빛이 점차 누그러지면서 이제는 함께 공존하는 그 존재의 비밀을 어느 정도 헤아릴 수 있었다. 그렇지만 아직도 그 실체를 명확히 알 수가 없었다. 아무튼, 조심허게나. 언제 그 여우 홀림목에 휘둘릴지 모르니께. 노인은 다시금 장기판에 눈길을 주었다. 일러주어서 고맙다고 인사를 하고 힘겹게 산을 올랐다. 몇 번이나 계곡물에 얼굴과 발을 담그고서 암자에 들어섰다. 낯선 사내 하나가 담장 곁에 서서 먼 바다를 내려다보고 있었다. 샘가에는 선녀와도 같은 여인이 잘 빗어 넘긴 머릿결 위에 선글라스를 걸치고서 물장난을 하고 있었다.

아, 선생께서 머물고 계시는군요. 구레나룻의 사내는 인기척 소리에 얼굴을 돌리며 인사를 건넸다. 마루에 짐을 부려놓으며 얼떨결에 답례를 하였다. 등물을 쳐 드릴까요? 여인네가 지근거리로 다가오며 상냥하게 말하였다. 정말 오랜만에 들어보는 여자의 목소리였다. 뭘요. 괜찮습니다. 얼굴이 확 달아오르면서 사양지심을 내보였다. 오래 계셨는가요? 구레나룻 사내가 물었다. 잘 모르겠습니다. 시간을 잊고 지내서요. 그럴 법도 하겠네요. 여인네가 맞장구를 쳤다. 저는 그림을 그립니다. 이곳 풍경이 빼어나다는 소문을 듣고 찾아왔는데, 며칠만이라도 함께 지낼 수 있을까요? 옳거니, 고독을 사수하는 유일한 성채를 그런 수법으로 공략할 심산이구나. 공유라는 개념은 무얼 말하는가? 분배의 법칙을 들먹이지 않더라도 나누어 가진다는 것 아니냐. 공동체의 개념과는 무관한 공유는 일종의 침탈행위이다. 이들은 일방적으로 찾아와서 막무가내 함께하기를 원한다. 말벌의 입지와는 다르다. 그렇다고 어줍잖은 기득권을 내세우며 거절할 명분은 희박하다. 자칫 두 사람을 위하여 안방을 내주고 부엌방 신세가 될지도 모른다.

스님도 안 계시고, 외로움을 덜어 줄 수도 있고, 그렇게 하세요. 여인네의 미태와 애교 어린 말이 거부의사를 침몰시켰다. 차나 한잔 드십시오. 미덥지근하게 말하고서 두 사람을 마루 위로 오르게 하였다. 두 사람은 거침없이 마루에 올라 자신들이 가져온 위스키를 내놓았다. 차보다는 이게 더 나을 겁니다. 무척이나 술이 고팠지요? 구레나룻 사내의 너스레 장단을 맞추듯 여인이 육포를 내놓고서 손톱을 선홍빛으로 물들인 선정적인 손으로 술잔을 쳐 올렸다. 삼손을 망가뜨린 데릴라처럼 술로 정신을 혼미하게 하려는구나. 흘깃 좌정하고 있는 부처님을 바라보았다. 바로 그때였다. 에구머니나! 여인네가 외마디 비명을 지르며 머리를 감싸 안았다. 술잔이 나뒹굴었다. 말벌 한 마리가 일직선으로 날아와 여인의 정수리에 일침을 놓은 것이다. 그것을 신호로 여인과 구레나룻 사내에게 새까맣게 말벌들이 엉켜 붙었다. 두 사람은 두려움과 공포에 휘둘리며 마당에 나가 뒹굴었다. 그리고 가까스로 배낭을 움켜쥔 채 혹부리 영감이 되어 튕기듯 절문 밖으로 달아났다. 말벌들은 저 멀리까지 따라가며 사정없이 쏘아댔다. 오, 나의 충성스러운 근위병들이여! 나는 감탄을 자아냈다. 침략자를 물리친 승리자의 마음으로 벌집을 돌아보니 말벌들은 언제 그랬냐는 듯이 부지런히 일을 하고 있었다. 너희들이 굳건히 성채를 지키고 있는 한 이 성채는 난공불락임에 틀림없다. 너무나 사랑스럽고 기특하여 말벌들의 머리를 쓰다듬어 주었다. 말벌들은 충성스러운 신하처럼 자애로운 나의 손길을 말없이 받아들였다. 이렇듯 온순하고 믿음직스러운 녀석들이 그렇게도 사나울 줄이야. 새삼 감격의 물결이 벅차게 밀려들었다.

말벌들과는 그렇게 한여름을 보냈다. 아침저녁의 기온 차가 현저하면서 산천은 서서히 단풍으로 물들기 시작하였다. 제 절개를 굽히지 않는 황국단풍이야말로 진경이었다. 겨울을 나기 위해 땔감을 장만하였다. 하루에 나무 한 짐의 무게로 겨울을 나기로 하였다. 이제 찬바람은 한낮인데도 쏙쏠이 바람으로 마당을 비질하였다. 그때마다 낙엽이 고추잠자리처럼 날아올랐다. 계절의 변화는 어쩔 수 없는 법. 짙푸른 나무들이 하나둘 헐벗기 시작하였다. 그와 함께 바다가 더 가까이 다가왔다. 이제는 문지방까지 차오르는 바다를 베고 누워 별들을 헤아렸다. 파도소리가 자장가가 되었다.

그런데 어느 날부터인가 말벌들이 하나둘 돌아오지 않았다. 이상하다. 나에게 반기를 든 것인가? 그런 것 같지는 않았다. 여전히 충성스럽고 믿음직스러웠다. 겨울을 나기 위해 보다 안전한 곳으로 옮겨가는 걸까? 겨울이 돌아올지라도 이곳보다 더 평화롭고 안전한 곳이 어디 있겠는가. 무슨 말 못할 사정이라도 있는 걸까? 아니면 저희들끼리 보이지 않는 내분이라도 일어난 건가? 골똘히 생각을 여미며 관찰해 보아도 이렇다 할 징후를 발견하지 못하였다. 맨 처음 이곳을 찾아든 말벌이 마지막 인사를 하고 떠날 때는 첫눈이 내렸다. 첫눈에 정신이 팔려 춤을 추듯 마당을 가로지르며 첫눈을 맞는데, 귓전을 울리는 말벌소리에 우뚝 걸음을 멈추었다. 너마저 내 곁을 떠나느냐? 그만한 사연이라도 있느냐. 다리에 힘이 빠지면서 그 자리에 주질러 앉았다. 천군만마를 잃은 듯한 슬픔에 빠졌다. 한겨울 어떻게 나 혼자 성채를 지킨단 말이냐. 무릎걸음으로 마루에 올라 휑뎅그레 달려 있는 말벌 집을 올려다

보았다. 한여름 비지땀을 흘리며 저렇듯 웅장하게 집을 지었는데 미련 한 점 두지 않고 떠나다니. 한때의 수고로움도, 소유욕도, 자기 공간마저도 미련 없이 버릴 줄 아는구나.

말벌들이 떠난 텅 빈 성채는 다시금 외로움으로 가득 찼다. 불어 치는 찬바람만큼이나 외로움이 콧날을 후볐다. 그와 함께 잠시 무심하게 일별하였던 적의의 눈빛이 새롭게 다가왔다. 그동안의 낯익음이라 할까, 적의보다는 살가운 눈빛으로 다가왔다. 그렇다고 거리와 공간의 장벽을 무너뜨린 것은 아니었다. 일정한 거리를 유지한 채 여전히 탐색하는 눈빛으로 서로를 견제하는 가운데 경계심을 늦추지 않았다. 적과의 동침, 그 이상의 화해가 아닌 공존이었다.

한차례 폭설이 내리고 하루해가 가장 짧다는 동지가 다가올 무렵 비구니 두 분이 찾아들었다. 성채의 새로운 주인들이었다. 문신처럼 당당하게 눈밭에 발자국을 남기며 무혈입성하였다. 올 것이 왔구나! 비로소 말벌들의 예지와 지혜로움을 알았다. 말벌들은 미리 오늘의 사태를 내다본 것이다. 지금까지 외로움을 둘러쓴 시간과 공간이 산산이 흩어졌다. 법당의 부처님께 삼배를 올리고 나서 말없이 배낭을 짊어졌다. 그리고 정성스럽게 말벌 집을 따 들었다. 전리품이 아닌, 충성스럽게 한여름을 지켜준 기념비였다. 수북이 눈 쌓인 길을 내려왔다. 흐르는 계곡물은 여전한데, 뒤돌아보니 암자는 세월 너머로 비껴 앉았고, 발자국만 선명하였다. 한 무더기 바람이 잔설을 비질하고 어디서 산울림소리가 들렸다. 살갑게 얼음장 속으로 애잔하게 휘돌아 흐르는 계곡물 소리인가 싶었는데, 처음으로 실체를 드러낸 그 음향은 보이지 않는 바람의 눈빛이었다.

작가의 말

봄빛으로 무르익은
화사한 꽃망울 속에서
갓 태어난 새끼를 잃은
어미 소의 피맺힌 절규
벌써 나흘째
뻐꾹새 울음소리와는
비교할 수 없음에랴
아, 짐승도 저렇게
간장을 에이는구나!

–작가의 일기에서

달빛 아래에서 어미 소의 목이 잠긴 비탄의 울음소리를 듣는 순간 이 땅 위에서 생명을 품안은 어머니의 한스러운 마디진 삶이 문득 가슴을 쳤다. 일제강점기와 육이오 전쟁을 몸소 겪어온 우리네 어머니들의 고단하고 핍박하였던 인고의 삶…….

시절이 아득하게 느껴지는데도 어머니의 한 서린 한숨소리가 해조음으로 들려온다. 차가운 겨울밤 문풍지 울음소리로 가슴을 파고드는 어머니의 한 맺힌 삶의 여정은 세계의 폭력성에 속수무책 당해야 했던 가슴앓이였다. 어머니의 지난한 삶의 여정은 나의 문학의 토양이자 시원(始原)이다.

동트는 새벽녘과 서산머리에 숨어드는 저녁 무렵은 아침과 저녁이라는 분별심만 다를 뿐인데, 어느 시절을 막론하고 그 속에서 자신의 참모습, 자연의 순환, 그 엄연한 질서의 도리, 무한대의 시공을 망각한 채 살아가고 있다.

나는 매일매일 반복되는 여일한 일상 속에서 지난 시절을 가끔씩 떠들리며 비릿한 향수에 젖기도 하고 세월의 무상함을 깨문다. 하얗게 빛바랜 머리칼을 이고서 꽃망울로 물든 산야를 가만스레 어르며 한 잔의 차를 든다. 차 소리도 들리지 않고 사람의 왕래도 없는 내 처소는 태고의 숨결이 말 없는 가운데 깃들어 있어 무한대의 시공과 자연의 질서를 절감한다.

무색계. 때로는 허무의 광장이기도 하고, 간혹 술병을 들고 찾아오는 벗들과 마음을 내려놓고 술잔을 기울일 때면 세상을 놓아버린 무한과 유한의 경계에서 노닌다.

오늘이 있기까지 문학의 광장으로 이끌어 주신 오영수(吳永壽) 선생님, 그리고 유종호(柳宗鎬) 선생님 두 분께 새삼 머리 숙여 깊이 감사를 드리며, 영원한 동반자 효명(曉溟)의 알뜰한 내조와 변함없는 신뢰와 믿음을 주는 산지니 강수걸, 권경옥 사장님을 비롯하여 산지니 가족들에게 고마움을 드린다.

2022년 초여름 語山精舍에서

심향

초판 1쇄 발행 2022년 6월 24일

지은이 정형남
펴낸이 강수걸
기획실장 이수현
편집장 권경옥
편집 김소현 신지은 오해은 강나래 이선화 이소영
디자인 권문경 조은비
펴낸곳 산지니
등록 2005년 2월 7일 제333-3370000251002005000001호
주소 부산시 해운대구 수영강변대로 140 BCC 613호
전화 051-504-7070 | 팩스 051-507-7543
홈페이지 www.sanzinibook.com
전자우편 sanzini@sanzinibook.com
블로그 sanzinibook.tistory.com

ISBN 979-11-6861-052-1 03810

* 책값은 뒤표지에 있습니다.
* 잘못된 책은 구입하신 곳에서 교환해드립니다.
* 이 책은 전라남도, (재)전라남도문화재단의 후원을 받아 발간되었습니다.

전라남도 JeollaNamdo 전라남도 문화재단

::산지니에서 펴낸 책::

교룡 표성흠 장편소설

녹색침대가 놓인 갤러리 이경미 소설집

모자이크 부산 김민혜·박영해·조미형·오영이·장미영·안지숙

고흐의 변증법 심은신 소설집

하근찬 전집 1: 수난이대 하근찬 지음

하근찬 전집 2: 흰 종이수염 하근찬 지음

하근찬 전집 3: 일본도 하근찬 지음

하근찬 전집 9: 야호 상 하근찬 지음

하근찬 전집 9: 야호 하 하근찬 지음

봄비 한경화 소설집

혜수, 해수 1: 영혼 포식자 임정연 장편소설 ***프랑스 저작권 수출**

유토피아로 가는 네 번째 방법 정광모 장편소설 ***2021 한국문화예술위원회 문학나눔 선정도서**

오후 네 시의 동물원 서정아 소설집

콜트45 정광모 소설집

바람, 바람, 코로나19 문선희 소설집

봄밤을 거슬러 정미형 소설집

캐리어 끌기 조화진 소설집 ***2020 한국문화예술위원회 문학나눔 선정도서**

사람들 황경란 소설집 ***2020 한국문화예술위원회 문학나눔 선정도서**

지옥만세 임정연 장편소설 ***2020 6월 책씨앗 추천도서** ***2020 한국문화예술위원회 문학나눔 선정도서**

실금 하나 정정화 소설집

맥박 정형남 소설집

팔팔 끓고 나서 4분간 정우련 소설집

데린쿠유 안지숙 장편소설

마살라 서성란 장편소설

랑 김문주 장편소설

볼리비아 우표 강이라 소설집

방마다 문이 열리고 최시은 소설집 ***2019 부산작가상 수상도서**

유산 박정선 장편소설

생각하는 사람들 정영선 장편소설 ***2018 요산김정한문학상 수상도서**

거기서 도란도란 이상섭 팩션소설집 ***2018 이주홍문학상 수상도서**

나는 장성택입니다 정광모 소설집 ***2018 한국문화예술위원회 문학나눔 선정도서**

우리들, 킴 황은덕 소설집

명랑한 외출 김민혜 소설집 ***2018 한국문화예술위원회 문학나눔 선정도서**

유마도 강남주 장편소설 ***2018 대한출판문화협회 청소년도서**

폭식광대 권리 소설집

사할린 이규정 현장취재 장편소설(전3권)

내게 없는 미홍의 밝음 안지숙 소설집 ***2017 세종도서 우수문학도서**

가을의 유머 박정선 장편소설

노루똥 정형남 소설집

쓰엉 서성란 장편소설 ***2017 세종도서 문학나눔 선정도서 *2017 부산문화재단 우수도서**

***2017 부산국제영화제 아시아필름마켓 북투필름 참가작 선정도서**

독일산 삼중바닥 프라이팬 오영이 소설집

고래그림비 유익서 소설집 ***2016 세종도서 우수문학도서**

토스쿠 정광모 장편소설 ***2016 세종도서 우수문학도서**

칼춤 김춘복 장편소설

진경산수 정형남 소설집

씽푸춘, 새벽 4시 조미형 소설집

아디오스 아툰 김득진 소설집

붉은 등, 닫힌 문, 출구 없음 김비 장편소설

내 안의 강물 김일지 소설집

끌 이병순 소설집 *2015 부산작가상 수상도서 *2016 세종도서 우수문학도서

레드 아일랜드 김유철 장편소설 *2015 부산국제영화제 아시아필름마켓 북투필름 참가작 선정도서

날짜변경선 유연희 소설집 *2015 세종도서 우수문학도서

다시 시작하는 끝 조갑상 소설집

조금씩 도둑 조명숙 소설집

번개와 천둥 - 소설 대암 이태준 이규정 장편소설 *2015 부산문화재단 우수도서

편지 정태규 창작집 *2015 세종도서 우수문학도서

고도경보 김헌일 항공소설집

청학에서 세석까지 정태규 소설집

이상한 과일 서정아 소설집

감꽃 떨어질 때 정형남 장편소설 *2014 세종도서 우수문학도서

만남의 방식 정인 소설집 *2015 백신애문학상 수상도서

목화 - 소설 문익점 표성흠 장편소설 *2014 세종도서 우수문학도서

치우 이규정 소설집 *2013 문화예술위원회 우수문학도서 *2014 이주홍문학상 수상도서

서비스, 서비스 이미욱 소설집

작화증 사내 정광모 소설집 *2013 문화예술위원회 우수문학도서 *2013 부산작가상 수상도서

장미화분 김현 소설집 *2013 문화예술위원회 우수문학도서

밤의 눈 조갑상 장편소설 *2013 문화예술위원회 우수문학도서 *2013 만해문학상 수상도서

즐거운 게임 박향 소설집 *2012 한국도서관협회 우수문학도서 *2012 부산작가상 수상도서

삼겹살 정형남 장편소설 *2012 문화체육관광부 우수교양도서

한산수첩 유익서 소설집 *2012 한국도서관협회 우수문학도서 *2012 성균관문학상 수상도서

댄싱맘 조명숙 소설집 *2012 한국도서관협회 우수문학도서 *2012 이주홍문학상

수상도서

1980 노재열 장편소설

불온한 식탁 나여경 소설집 *2011 한국도서관협회 우수문학도서 *2011 부산작가상 수상도서

물의 시간 정영선 장편소설 *한국문화예술위원회 문학창작지원 도서

테하차피의 달 조갑상 소설집 *2010 문화체육관광부 우수교양도서 *2011 이주홍문학상 수상도서

그는 바다로 갔다 문성수 소설집

부산을 쓴다 정태규 외 27인 지음 *2009 부산시 원북원부산 후보 도서

우리 집에 왜 왔니 – 처용아비 박명호 소설집

빛 김곰치 장편소설 *2008 문화예술위원회 우수문학도서

달콤쌉싸름한 초콜릿, 이야기 옥태권 소설집 *2008 부산작가상 수상도서

길 위에서 정태규 소설집 *2008 이주홍문학상 수상도서

외국문학

뿌리 에바 틴드 지음 | 손화수 옮김

임서가 들려주는 강호 이야기 임서 지음 | 한지연 옮김

해상화 열전 한방경 지음 | 김영옥 옮김(전2권) *2019 세종도서 우수교양도서

마니석, 고요한 울림 페마체덴 지음 | 김미헌 옮김

빌헬름 텔 인 마닐라 아네테 훅 지음 | 서요성 옮김

올가의 장례식날 생긴 일 모니카 마론 지음 | 정인모 옮김

마르타 엘리자 오제슈코바 지음 | 장정렬 옮김

화염의 탑 후루카와 가오루 지음 | 조정민 옮김